CLASSIC
當代大師
文學經典

苦妓回憶錄

MEMORIA
DE MIS
PUTAS TRISTES

GABRIEL
GARCÍA
MÁRQUEZ

加布列・賈西亞・馬奎斯

葉淑吟 譯

馬奎斯寫給遲暮人生的最後一封情書！

想要在九十歲紀念自己的愛情並不罕見，在生命的漫長啃噬中，這樣的回憶短暫抵擋了時間的流逝，靜默了敘事者耳畔的喁喁細語：「不是今年就是百年之內，你就會死去化為塵土。」趁他還有一口氣在，七十多歲的馬奎斯以他如常的嚴肅表情與無出其右的幽默，寫了一封給遲暮之年的情書。

——**作家／約翰．厄普戴克**

這本書就像一部童話故事……簡潔、震撼又透徹。這個故事有著透明之美，言詞幽默，內容豐富，猶如《聖經》般的基調，最重要的是，馬奎斯的文學宇宙已成為象徵，並化為大眾想像力最重要的組成。

——**邁阿密先驅報**

馬奎斯用一部小說來探索另一種價值，一種極端的、純潔的、不可能的愛的價值。這是經典的愛，向時間挑戰並散發它短暫的光輝；這也是一種浪漫的愛，一種向死亡的挑戰，一種完成對回憶的記述。

——**秘魯詩人／胡里奧·奧爾特加**

就他對世界潛在觀點的深度而言（其潛力允許每一位讀者以自己希望的方式完成這個故事），此書與他其他小說同樣具有多層次的模稜兩可、矛盾心理和複雜度，比《關於愛與其他的惡魔》和《預知死亡紀事》都更有層次，不僅大膽、厚顏地玩弄著幻想，也有在他的其他作品中缺少的傳統道德面向。這雖然是個令人不安、駭人聽聞的故事，但仍然是一個童話故事。

——文學評論家／傑拉德．馬汀

一如既往，馬奎斯的這部作品光彩奪目，並且在如此短的篇幅中，散放出無比耀眼的光芒。

——西班牙《國家報》

令人難以忘懷的故事……最經典的馬奎斯！

——**華盛頓郵報**

令人吃驚的是，整部小說充滿深刻的懷舊之情，當這個九十歲的男子看著熟睡的少女，不禁深陷憂鬱之中，宛如在描寫一頭溫柔的鬥牛。

——**哥倫比亞評論家／康拉多．祖魯阿加**

馬奎斯打亂了令我們衰老的生物時鐘，他透過筆下的老壽星指出，人的年齡並非是他實際擁有的歲數，而是來自他的感受。

——**哥倫比亞作家／豪爾赫．弗朗哥**

圓熟精巧，愛欲情色，令人不安又深深著迷！

——**洛杉磯時報**

他精湛的說故事技巧，就如同探囊取物一般！

——**芝加哥論壇報**

一個縈繞心頭的故事……一本最極致的小說！

——**泰晤士報文學增刊**

【導讀】

孤獨的戀愛

作家／韓麗珠

《苦妓回憶錄》完成後，馬奎斯又活了十年。對我來說，《苦妓回憶錄》和《愛在瘟疫蔓延時》之間，就像一種對倒的關係。在書寫《苦妓回憶錄》的時候，想必他對於肉身的衰朽、死亡的陰影和時間的幻相，已有更深的領悟。

《苦妓回憶錄》裡的主角，一個年屆九十的退休記者，總是讓我想起《愛在瘟疫蔓延時》的弗洛雷提諾．阿里薩，或《百年孤寂》裡的奧雷里亞諾．波恩地亞上校——一種常常出現在馬奎斯小說裡的角色，他們心裡都有一個巨洞——因原初的愛欲得不到滿足，而終其一生在作為愛的替身的女子之上尋找填補。

弗洛雷提諾．阿里薩的愛情幻影始於年少時期曾經互訂終生的情人費米娜．達薩，他為她寫下許多情書，但她卻另嫁醫生，此後，弗洛雷提諾只能寄情於無數沒有愛情，只會共度一夜的女人（和退休記者一樣，他也會記錄人數，六百二十二個）。奧雷里亞諾．波恩地亞上校的憂鬱則是少妻蕾梅蒂絲驟逝所引發，此後，他的愛和激情，連帶憤怒和悲傷，成了革命的源動力，發動了三十二場武裝起義，又與十七個女人（發生關係的不在此數）生下了十七個私生子。但，退休記者的巨洞是源於什麼？

「就是因為得不到愛情，才會藉由性來尋求慰藉。」退休記者這樣述說自己。他從來只會付錢給女人睡覺，甚至作出了紀錄：

五百一十四個。他曾經遇到美豔的席梅娜，互生情愫、訂婚、談情，卻在婚禮的前一夜的告別單身派對上突然意識到，婚姻將會令他失去多年來嫖妓世界。終於，他一夜未眠，沒有出席自己的婚禮。作為一名處女座男人，退休記者需要的，很可能不是兩情相悅，而是一個人的戀愛。只有不具備切實對象，不必碰觸現實相處裡必然會出現的磨難、蛻變和昇華的關係，才能完全合乎退休記者的完美愛情想像。或許，對他來說，嫖妓世界所代表的，不僅止於情欲的宣泄，那是關乎他能維繫自己精緻的孤獨生活，同時又不被過度的寂寞所傷的，一扇通往外界和女性能量之門。因此，婚姻對他來說就是：一個妻子以及多名子女的陌生新世界——但他得因而喪失整個熟悉的舊世界。

《愛在瘟疫蔓延時》中的弗洛雷提諾，大半生都在等待，而性的冒險則是他消磨時間的方式。小說在各式突如其來的死亡中開展。首先是烏爾比諾醫生好友赫利米．德聖塔姆的自殺，然後是醫生回到家裡，嘗試拯救寵物鸚鵡時，卻猝死。那是一個被致命的霍亂帶來的陰霾中，戰戰兢兢地追求愛和理想的世界；而《苦妓回憶錄》則是個沒有傳染病也沒有戰爭的寧靜時代，只是，年老和衰弱每刻都在蠶蝕著退休記者，死亡是絕對而必然的。但奇異的卻是，已達垂暮之年的退休記者，住在日久失修的殘破老房子裡，卻因遇上只有十四歲的處女雛妓黛兒戈迪娜而恍如重獲青春，生意勃發。在小說裡，退休記者總是以為自己命不久矣，想要停掉寫作多年的週日專欄，卻因為遇上愛情而把熱情投注於書寫，令專欄爆紅，連家中本來奄奄一息病痛纏身的年老安哥拉貓，也在走失多天後，突然健康地回到家中。

日間在工廠縫釦子的黛兒戈迪娜，晚上在妓院的房間裡，喝了鎮靜茶之後，一直像睡美人那樣處於深眠中。她和退休記者之間，從沒有真正的交流和碰觸。然而，也因為她在無意中保有著不會作出任何回應的睡美人狀態，剛好符合了退休記者終其一生所追尋的孤獨的愛情。時間和衰老，把退休記者的肉體任意剝削，使他終日徘徊在各種疼痛和不適之中，但在另一方面，肉身的衰敗，卻刺激靈魂變得更純粹和敏銳，外在的假象褪去了，坦露出內裡赤裸的本質。退休記者需要在夜裡和黛兒戈迪娜見面，不是為了性欲，而是為了她讓他生出了對愛情的想像，令他可以在有生以來第一次，像少年維特那樣，終日被單思所苦的同時，活在一個全新的世界裡，被一陣風雨或一抹陽光所刺痛。

弗洛雷提諾和退休記者一樣，都以他們獨特的方式保有童貞——在遇到終極的愛的對象之前，他們雖然不斷進行性的狩獵，但從不會帶著感情發生關係。但退休記者跟弗洛雷提諾不同的是，他所追尋的其實是跟自己戀愛，像納西瑟斯（Narcissus）一直看著自己的倒影，而黛兒戈迪娜則不是他的倒影，而是湖。

這些擔任著「湖」這個中介體的女性角色，在小說中，絕不是單薄片面的存在，相反，無論所占篇幅長短，幾乎每個女性，都個性鮮明而強烈，不是在生活中照顧著退休記者，便是擔任著啟蒙者、繆思女神，或引導他過度至下一個生命階段的角色。

退休記者的母親是個美麗又聰穎的莫札特演奏者，通曉多國語言，在家庭面對經濟困境時，不動聲色地把家族代代相傳的首飾上的寶石拆下來換掉變賣。

經營妓院多年的羅莎・卡巴爾卡斯強悍、細心、體貼、深情，同時又錙銖必較。作為鴇母，她熟知每個客人的喜好，體諒客人的欲火，關鍵時刻也能讀懂客人的心，但當客人無理取鬧，她在安慰之餘也不忘寄上賠償帳單。店裡突然發生命案，她冷靜地處理。在丈夫逝世多年後，她仍在服喪。在退休記者和小女孩黛兒戈迪娜之間，她是不可或缺的牽線者，或，感情詮譯者。

被退休記者悔婚的野性美人席梅娜即使在賓客前受盡屈辱，但她並不是弱者，也沒有被這件事擊倒，而在當天夜裡，她就乘船遠遊，在外地結婚生下七個子女。她在退休記者的生命裡出現是為了讓他得到不適合婚姻的了悟。

黛米亞娜打從青春時期便在退休記者家中幫傭，和他維持特殊關係多年，明知道沒有回報，卻一直深愛他，在年老力弱之時，仍然一週到他家一次，為他打理家居，無私地照顧他的生活。或許，他們都是只需要「一個人的愛情」的人。

作為退休記者的繆斯女神，黛兒戈迪娜雖然在小說裡一直昏睡，可是，透過女巫解讀她被退休記者描畫了的掌紋，仍然可以知道，她表裡如一、將會去很多不同的地方，好奇心旺盛而且喜歡嘗試一切。

退休記者的老相好凱喜妲．阿爾梅妮亞，雖然從少女時期即在歡場打滾，但在年華老去帶病退隱時，仍然得到一位中國菜農的愛，回歸家庭，而且在巴士上和退休記者偶遇和敘舊時，給他有如智者般的當頭棒喝：「千萬別到死都沒有嘗過為愛而性的美妙。」

可以說，退休記者生命裡非常重要的部分，是被這些女性所形塑，而他筆下那個風靡眾人的週日專欄，是陽剛和陰柔結合後的幻象情書。

客棧的女人叮嚀江口老人不要惡作劇，

不要把手指伸進熟睡的姑娘嘴裡，或做類似的事情。

——川端康成《睡美人》

1

九十歲這一年，我想送自己一個春宵夜，找個青春處子瘋狂翻雲覆雨一番。我想起了羅莎．卡巴爾卡斯，她是一間地下妓院的老鴇，每回有新人進來，她總會通知最好的客戶。我從不吃她這一套，或是被她許多下流的想法誘惑，不過她不信我的原則有多麼端正純潔。她露出不懷好意的微笑說：「道德是有年限的，到時你就知道。」她年紀比我要小一點，這麼多年沒她的消息，或許已經死了也說不定。但是電話接通的第一聲，我就認出了她的聲音，於是我開門見山地對她說：

「就是今天。」

她嘆了口氣：「喔，悲哀的聰明人，你銷聲匿跡二十年，再次出現竟是為了一件不可能的事。」她立刻賣弄起慣用的伎倆，報上半打賞心悅目的選擇，但全都是二手貨。我堅持不要，非得要個黃花閨女，而且今晚就要。她心生警覺地問：「你想做什麼？」我回答：「沒什麼。」感覺被戳中最要命的痛處。「我知道我能做什麼，和不能做什麼。」她面不改色地說：「聰明人看似無所不知，但其實不是：世界最後的處女只剩你們八月的處女座。你為什麼不多給我一點時間？」我對她說：「心血來潮難以意料。」她說：「但對男人來說，等待或許是最明智的辦法。」她說，接著她跟我要求兩天時間好好把市場仔細搜索一番。我認真地回答她：「以我的年紀來說，這樁生意每流逝一個小時就等於一年。」她說，內心已經非常清楚：「所以等不得，不過沒關係，這樣比較刺激，可惡，我一個小時內回你電話。」

我是什麼樣的料，不用說出口，從外表一目了然：我長相醜陋，個性靦腆，思想落伍。但是我不想被看出來，所以一直偽裝出跟本性完全相反的自己。直到今天，我毅然決然地釋放了真實的自己，即使只是為了喘口氣。我的第一步是打了那通難以置信的電話給羅莎・卡巴爾卡斯，因為從今天開始，我要在多數的凡夫俗子已在黃泉下的年紀展開新的人生。

我在聖尼可拉斯公園向陽面人行道旁的一棟殖民時期屋子裡住了一輩子，沒有妻子也沒有財產，父母都在這裡過世，我決定也在這裡孤獨老死，毫無苦痛地死在我出生的那張床上，希望那一天依舊遙遠。十九世紀末，我的父親在一次公開拍賣會上買下這棟屋子，樓下租給一個義大利商會經營奢侈品商店，還娶了一個商會會員的女兒，然後住在樓上過著幸福快樂的日子，她叫芙洛莉娜・德迪歐斯・卡戈曼托斯，是著名的莫札特演奏家，通曉多種語言，擁護加里波底，是城裡才華洋溢的美女：我的母親。

這棟屋子空間寬敞，採光明亮，有著灰泥拱廊，和棋盤狀花磚地板，陽台門廊上有四扇彩繪玻璃門，每逢三月襯著低垂的夜幕，我的母親會跟她的義大利表姊妹在這裡高歌愛情的詠嘆調。從陽台上可以望見聖尼可拉斯公園、大教堂和哥倫布雕像，再過去是河輪碼頭的酒館，和二十里外的馬格達萊納河河口，以及河面上寬廣的地平線。這間屋子只有一點讓人不滿意，那就是一整天下來太陽會出現在不同的窗口，每到午覺時間，就得關上所有的窗戶，試著在熱氣騰騰的漆黑中睡覺。三十二歲那年，全家只剩下我一個人，我搬進父母的臥室，開了一扇直通書房的門，著手拍賣生活用不上的物品，最後除了書本和一架紙捲自動鋼琴，幾乎賣光了全部的東西。

我在《和平報》擔任編寫員四十年，工作內容是將來自世界各地的新聞重新擬稿，轉成淺白易懂的當地專欄，新聞有的是空中捕捉來的短波無線電訊，有的是摩斯密碼。今日，我靠這份不復存在的職業得到的退休金無以為繼；當西班牙文和拉丁文老師的退休金難以度日，而筆耕不輟寫了半個多世紀的週日專欄拿到的更微乎其微，至於音樂和戲劇快訊根本連半毛都沒有，那只是在知名演奏家到來時幫忙寫了好幾次的報導。我什麼都寫，但是從未立志當小說家，也沒有資質，我完全不懂劇本寫作的規則，我在這一行，是靠這輩子閱覽無數的啟發。說明白點，我是個既不出色又沒光芒的蹩腳作家，若不是將要在這本回憶錄中揭露一段轟轟烈烈的愛情，恐怕沒有什麼可以留給後世。

滿九十歲這一天，我一如往常地在清晨五點想起了同一件事。因為是禮拜五，我唯一的工作是完成每個禮拜日刊登在《和平報》

的署名專欄。破曉出現的各種徵兆難以讓人開心起來：骨頭從凌晨就發痛，肛門灼熱，三個月的乾旱結束後，暴風雨的雷聲開始隆隆作響。我洗了澡，泡好咖啡，喝一杯加蜂蜜的甜味咖啡配兩塊木薯糕，換上一件亞麻連身居家服。

要不就這麼做吧？這一天就以我滿九十歲當作專欄的主題。我從未想過年紀就像是屋頂漏水，那象徵著一個人還剩下多少生命。我打從相當年幼時就聽說，一個人斷氣後，若寄生在他身上與毛髮裡的跳蚤從枕頭上倉皇逃離，就會使家族蒙羞。我把這件事引以為戒，甚至理光了頭髮去上學，連僅剩的稀疏細毛也要用除蚤洗狗皂清洗。此刻我對自己說，這意謂著我從相當年幼開始就對羞恥的感受比對死亡還要深刻。

我從幾個月前就開始計畫寫生日專欄，我並非想為歲月的流逝頓足捶胸，而是相反：讚揚老年。一開始，我問自己是什麼時候開始意識到變老這件事，我想是在那天的不久之前。也就是四十二歲時去看醫生，那天我後背疼痛，呼吸困難。醫生認為並無大礙，說這是年紀到了之後正常會有的疼痛。

「這麼說，」我對他說。「不正常的是我的年紀。」

醫生對我露出了同情的微笑。他說：「我看您是位哲學家呢。」這是我第一次從變老來思考我的年紀，但沒多久就將它拋諸腦後。我開始習慣每天痛醒，疼痛隨著時間轉換部位，方式也有所不同。有時疼痛像死亡的利爪撲來，隔天卻又消失得無影無蹤。那時我聽說老化的初兆是開始變得像父親。當時心想，我應該注定青春不老吧，因為我這副馬臉永遠不可能像土生土長的加勒比海人的父親，也不可能像羅馬帝國人的母親。事實上，最初的改變非常緩慢，幾乎難以察覺，每個人看見的自己一直都是留存在內心的模樣，但是他人發現的是外表的變化。

邁入五十歲，我發現記憶開始出現空洞，開始想像老化。我在屋內找眼鏡，最後卻發現戴在臉上，或者我戴著眼鏡走到蓮蓬頭下，或者我戴著老花眼鏡忘記換上近視眼鏡。有一天，我吃了兩頓早餐，因為忘記吃了第一頓，後來我發現我告訴朋友前一個禮拜說過的故事，他們卻不敢提醒我，於是我學會分辨他們警覺的臉色。那時，我的記憶庫有一串認識的臉孔的清單，和另一串每個人的名字的清單，但是在打招呼那刻，卻無法把臉孔跟名字對起來。

至於性欲年齡我從不擔心，因為我的性能力並非操之在我，而是在女人手上，她們一旦想要，一定清楚該怎麼做和做的理由。今日，我笑看那些嚇得去看醫生的八十歲小伙子，他們不知道那些情況到了九十歲會更糟糕，可是這並不重要：活著本來就充滿風險。老人除了重要的事之外，不再記得瑣事，而且很少忘記真正在乎的事，所以反而可看作是人生的勝利，西塞羅有句話倒是說得很清楚：老人絕不會忘記他的寶物藏在哪裡。

這些思考再加上一些其他的想法，我完成了專欄初稿，這時八月的太陽在公園的杏樹林中灑落了刺眼的光芒，因為乾旱緣故而延後一個禮拜進港的郵務河輪發出了鳴笛聲。我心想：「我的九十歲到了。」我始終不知道也不想探究，為什麼決定打電話給羅莎．卡巴爾卡斯，我就是在那次毀滅性的召喚下，彷彿受到了魔法的驅使，請她幫忙安排風流的一夜來紀念我的生日。我的身體已經休養生息了好幾年，將重心轉向重讀我的經典書籍和私藏的藝術音樂曲目，但是那一天的欲望難以壓抑，那就像是天主捎來的諭示。打過電話之後，我無法繼續提筆完稿。我把吊床掛在早晨陽光照不到的書房一角，然後躺在上面，內心充滿了等待的焦慮與不安。

我曾是個備受寵愛的小孩，我那多才多藝的才女母親在五十歲那年罹患肺結核過世，我那從不犯錯的死板父親在尼蘭迪亞協定簽署的早晨被發現死在他的鰥夫床上，而那個協定結束了千日戰爭和上個世紀的許多內戰。就某方面來說，和平出乎意料地改變了城市，但這並非大家所願。這座我摯愛的城市因為居民的和善和聖潔的光芒，深受本地和外地人的喜愛，然而充斥在安恰街老酒館裡的大批解放婦女，帶來了多彩多姿的狂歡生活，之後那條街改名為阿貝尤大街，現在則叫哥倫布散步大道。

我從不白嫖女人，至於少數幾個不從事這一行的，我會說之以理或強迫她們收下錢，儘管最後錢可能會被扔進垃圾桶裡。我從二十歲就開始記錄對象的名字、年紀和發生地點，並簡單描述情境和方式。到了五十歲，曾跟我相好的女人已經到達五百一十四個，包括只發生過一次的人在內。後來當身體不堪縱欲，不需要紙張也記得住數量後，我就不再製作清單。我有自己的道德觀。我從不參加團體狂歡派對或公然姘居，也不分享秘密或說出任何肉體的冒險故事或個人心事，因為我從年輕就發現這些事情都會付出代價。

我只跟忠誠的黛米亞娜有段特殊關係，而且維持了好多年。當時她只是個小女孩，有著印地安人的五官，健美的體魄，說話精簡果斷，為了不打擾我寫作，總是光腳走動。我記得有一次我躺在門廊的吊床上閱讀《洛薩納的肖像：好色的安達盧西亞女人》，湊巧看見她俯身在洗衣盆上，過短的裙子掩不住她豐腴的大腿。我耐不住沸騰的熱血，從後面舉起她，把她的內褲褪到膝蓋，就這麼從背後襲擊。「噯，大爺啊，」她發出淒厲的呻吟說。「那裡不是入口，而是出口。」她的身體因承受劇烈的震動而顫抖，但仍站得穩穩不動。我侮辱了她，感到滿心羞愧，想要付她當時最高收費的兩倍。可是她連一毛都不收，我只得多加點薪水，把這種每月一次趁她洗衣服時從背後攻擊的交媾算進去。

有一次我想著，或許上床的紀錄能好好用來寫我不為人知的、悲哀的人生風流韻事，於是故事的名字便從天而降：《苦妓回憶錄》。相反地，我公開的人生乏味無趣：我孤苦無依，父母雙亡，是個沒有前途的光棍，也是一個四度闖進印第安卡塔赫納花賽詩會決賽的平庸記者，還有一副諷刺畫家最愛拿來嘲弄的標準醜陋長相。也就是說：我的人生會開始不為人知的生活是來自不幸的遭遇，某天下午母親牽著十九歲的我，一起看我在西班牙文修辭學課寫的一篇有關學校生活的報導，是否有機會刊在《和平報》上。結果在那個禮拜天，報導連同報社社長的序言一起刊了出來。幾年後，當我得知是母親付錢刊登了那篇報導，以及接下來的七篇短評時，就連想要心生羞恥都已經太遲，因為每週一篇的短評早已展翅高飛，而且我也成為了一名新聞編寫員和樂評家。

拿到中學的優等文憑後，我開始同時在三所公立中學教西班牙文和拉丁文。我是個蹩腳的老師，沒受過正規訓練，沒有志向，對孩子也沒有半點憐憫心，而上學對他們來說是逃離專制的父母最容易的途徑。我唯一能做的是拿起他們畏懼的木尺，讓他們至少能從我身上認真學習我最喜愛的一首詩：「法比歐，喔！多麼心痛，你現在所見，寂寥的田野，蕭瑟的山丘，曾是著名的伊塔利卡。」只是年老之後，我湊巧得知當年的學生背地裡替我取了個綽號：蕭瑟山丘老師。

這就是人生給我的一切，我不再多為這一生多奮鬥點什麼。連教了兩節課，我在下課時間一個人吃午餐，下午六點到報社的編輯部捕捉空中電訊。晚上十一點編輯部關門後，我開始了真實的人生。我一個禮拜有兩三天到中國區過夜，每次陪睡的對象都不一樣，人數多到我還兩度被封為年度嘉賓。我在附近的羅馬咖啡館解決晚餐，之後隨意挑選一間妓院，然後從後院的門偷溜進去。上妓院是無心插柳，但最後卻成了我工作的一部分，這要多虧那些有重要影響力的政治人物管不住他們的舌頭，他們把國家機密說給共度春宵的情人知道，根本沒想到聲音會穿透木板隔牆，傳進代表民意的評論家的耳裡。我何不好好利用呢？我還透過這條途徑，發現他們造謠我過著悲哀的光棍生活，是因為會在夜裡到罪過街上專門找孤兒洩欲，滿足我雞姦的癖好。幸好我已經忘掉了這件事，絕佳的理由是我也知道他們怎麼談論我的優點，我接受應得的評價。

我從沒交過什麼知心好友，少數幾個走得比較近的都在紐約。也就是說他們都已入土為安，因為我猜地獄亡魂都去了那裡，不須了解過往人生的真相。自從退休之後，我能做的事所剩無幾，除了禮拜五下午把稿子帶去報社，還有幾件繼續做的要事：到美術館聽音樂會，去我做為合夥創辦人的藝術中心看畫展，偶爾去公眾福祉增進協會參加市民座談，或是其他的大型活動，例如法比加斯在阿波羅劇院的表演季。年輕時我常去露天電影院，在那兒會碰見令人驚奇的月蝕，或遇上反覆無常的暴雨，然後染上了嚴重的肺炎。但是我喜歡夜晚的鶯燕更勝於電影，她們只收取跟門票一樣的價錢，或者可能不收錢，甚至可以賒帳。因為看電影不是我的嗜好。秀蘭・鄧波兒引起的意淫崇拜是點燃我不再看電影的導火線。

我只出過四趟遠門，都是到印第安卡塔赫納參加花賽詩會，當時還不到三十歲，還有受沙克拉緬托・蒙田之邀，坐了一夜難受的引擎小船到聖塔馬爾塔參加他經營的一間妓院的開幕。至於我的居家生活，我吃得不多，口味簡單。當黛米亞娜老了，不再到家裡煮飯以後，我唯一規律的一餐，是在報社關門後到羅馬咖啡館吃一份馬鈴薯蛋餅。

因此，我在滿九十歲前夕，因為沒吃午餐，加上等待羅莎・卡巴爾卡斯的消息，無法集中精神閱讀。下午兩點陽光毒辣，曬得蟬兒聲嘶力竭地鳴叫，太陽繞過一扇扇敞開的窗戶，逼得我不得不三度改換吊床的位置。我一直認為每逢生日總會遇上一年最熱的一天，也學會忍受，但是這一天似乎心浮氣躁。下午四點，我聆聽帕布羅・卡薩爾斯演奏的巴哈六首《無伴奏大提琴組曲》的版本，試圖平靜下來。我認為這是所有音樂中最具智慧的一種，但我非但平靜不了，還因為孤獨倍感意志消沉。第二首的旋律有些催眠效果，我聽得昏昏欲睡，睡夢中我把大提琴的嗚咽當作輪船遠去時的悲鳴。就在這一瞬間，我聽見電話鈴聲響起，羅莎・卡巴爾卡斯沙啞的嗓音替我注入了生氣。「你真是傻人有傻福。」她說。「我找到一隻小火雞，比你夢想的還要漂亮，但麻煩的是她大概只有十四歲。」「我不在乎換尿布。」我開玩笑地對她說，不懂她說這句話的用意。「問題不是你。」她說。「是誰要替我承擔三年的牢獄之災？」

當然，沒有人需要承擔，更不可能是她。她引進少女從事皮肉生涯，將雛妓市場經營得有聲有色，她狠狠地壓榨她們，直到她們變成老妓女，最後淪落到歷史悠久的「黑美人歐菲米婭」妓女戶過著悲慘的生活。她從沒付過一張罰單，因為她的歡場是當地高官權貴的世外桃源，包括掌政者到市府的所有冗員在內，難以想像這位老鴇會缺少任意作威作福的權力。因此，她最後一刻的顧慮無非只是要撈更多好處：罰責越高，代價越昂貴。最後她以多加兩塊錢披索來彌補價差，我們約好晚上十點到她那兒，先預付五塊錢現金。提早一分鐘都不行，因為她要先讓那個小女孩餵飽弟妹和哄他們睡覺，然後再扶飽受風溼病折磨的母親上床睡覺。

還有四個小時。隨著時間過去，我的心慢慢升起了一股酸楚，恍若泡沫堵得我無法呼吸。我對穿衣程序細琢慢磨，希望能打發時間，卻徒勞無功。了無新意，連黛米亞娜看到都會說，我又來了，又在進行那套大主教的穿衣儀式。我拿起刀片刮鬍子，等著被陽光烤熱的水管裡的水冷卻後再沖澡，但光是拿毛巾擦乾身體的這個簡單動作又讓我開始流汗。我穿上配得上今晚如此好運的服裝：白色亞麻西裝，漿過的硬領藍色條紋襯衫，中國絲綢領帶，重上白漆後煥然一新的短靴，一個心形黃金鍊錶，鏈子繫在領子的扣眼。最後，我把褲腳的翻邊往上折，以免被發現我的身高矮了一截。

我有個稱號叫吝嗇鬼，因為沒人想像得到我現在住的地方會有多窮，事實上像今晚這樣的安排已經遠遠超出我的支付能力。我從床底下的存款箱取出開房間的兩塊錢披索，給老鴇的四塊錢費用，給小女孩的三塊錢，和吃晚餐以及其他零碎支出的五塊錢。或者可以說，我花掉了一整個月的週日專欄稿費。我把錢藏在腰帶的暗袋裡，全身噴灑了林文煙花露水。這時我感到一陣恐懼襲來，八點的第一道鐘聲響起，我怕得冒汗，躡手躡腳地摸黑下樓，沒入生日前夕的光明黑夜。

外頭已經轉為清涼。一群群孤獨的人在哥倫布散步道上大聲爭論足球的話題，大道中央斜停著一排計程車。一支樂隊在盛開的南洋櫻下的小徑演奏哀傷的華爾滋舞曲。公證人街有幾個苦哈哈的雛妓在捕捉盛裝打扮的顧客，其中一個照例跟我要了一根菸，我也照例回答她：「我戒菸三十三年兩個月又十七天了。」經過「金絲線」店鋪前，我看了一眼自己在通亮的櫥窗上的倒影，沒看到預期的模樣，只瞧見老態畢現和糟糕的穿著。

快十點時，我搭上了計程車，要求司機載我到環球墓園，不想他知道我真正要去的地方。他透過鏡子看著我，打趣地說：「聰明人先生，可別嚇我啊，願天主保佑我跟你一樣活蹦亂跳。」我們一起在墓園前面下車，因為他沒零錢，我們不得不到「墳塚」換錢，凌晨時分經常有喝醉的人來這間破爛的酒吧為死去的親人痛哭流涕。我們清帳時，司機一臉嚴肅地對我說：「先生，小心點，羅莎・卡巴爾卡斯的妓院已經跟從前完全不一樣了。」我不由得向他道謝，我跟每個人一樣，都相信哥倫布散步大道上的司機都知道所有在天空下發生的秘密。

我往窮人的社區走，這裡跟我那個時代認識的樣子已全然不同。覆蓋熱沙的巷道一樣寬闊，屋子的大門一樣敞開，木板牆壁一樣沒有粉刷，屋頂一樣鋪著菜棕櫚葉，院子一樣是一片碎石地。可是居民失去了寧靜的性情。大多數的屋舍都在禮拜五舉辦狂歡派對，熱鬧的鑼鼓喧囂在屋內迴盪。任何人都能付五十分錢進去參加他喜歡的派對，但是也可以不花一毛錢在人行道上跳舞。我忐忑不安，怕走著走著就被我那印花羊毛西裝裡裂開的空洞吞噬，但是沒有人注意到我，除了一個骨瘦如柴的黑白混血兒，他正坐在附近一間屋子的大門前打瞌睡。

「再見啦，老師。」他真心誠意地對我大喊。「祝您有個快樂的約會！」

除了回他謝謝，我還能做什麼？我爬上最後的斜坡，不得不三次停下腳步重整呼吸。我看見巨大的黃銅色月亮從地平線升起，突然間肚子一陣急痛，讓我害怕命運接下來的發展，但一眨眼的工夫就恢復了正常。走到街道盡頭，社區變成一片果樹林，我踏進羅莎．卡巴爾卡斯的店。

她的店今非昔比。當家的聖母老鴇一樣低調，一樣為人所知。她是個壯碩的女人，我們封她為消防隊隊長，不只是因為她的體型，也是因為她撲滅教區的欲火效率一流。但是孤獨啃噬她的皮囊，蛀蝕她的皮膚，磨尖她的嗓音，把她變成巧奪天工的老小孩。

過往的模樣只剩下那口完美的牙齒，她為了賣弄風騷把其中一顆鑲了黃金。她還穿著悼念五十歲那年過世亡夫的全套喪服，但又多了一頂黑色小帽，那是為了紀念曾幫她渡過難關的獨子。她只剩下那對殘酷的清澈眼睛還活靈活現，我從那對眼珠子中發現她的本性一點也沒變。

店裡頭照明昏暗，櫃子裡幾乎沒有東西可賣，絲毫不想費心利用商店掩飾每個人都心知肚明卻無人承認的生意。我在靠背長凳上坐下來等候，放鬆的同時，也試著重建她在記憶中的樣貌。當我跟她都還年輕時，她曾不只兩度將我從驚恐中救出。我想她能讀透我的想法，因為她轉過身，一臉警戒，將我細細打量了一遍。「你一點也沒變。」她哀傷地嘆口氣。我想稱讚她一番：妳變了，變得更好。「說真的。」她說。「你那張死馬臉好像還回春了一點。」

「可能是我換了飼料吧。」我用淘氣的口吻說。於是她放大膽子說：「就我記得，你那話兒可不輸搖櫓工的槳。」她對我說。「現在呢？」我迴避她的話題：「從我們沒見面以後，唯一的不同是肛門偶爾才會感到灼熱。」她立刻替我診斷：「都是因為放著不用。」我對她說：「我只使用天主賜給我的功能。沒錯，我從前經常覺得灼熱，特別是在滿月的夜晚。」羅莎翻找她的裁縫箱，打開一個小罐子，裡面的綠色藥膏聞起來是山金車膏的味道。「告訴那個小姑娘用她的小指頭像這樣幫你塗藥膏，塗的時候食指的動作要大膽一點。」我回答感謝天主，我不需要靠瓜希拉人的藥膏來保護自己。她嘲弄地說：「喔，大師，請原諒，這是我的人生經驗。」她回到了原本的話題。

她對我說：「小女孩十點過後就待在房間裡，她美麗、乾淨、百依百順，只是怕得要命，因為她一個跟來自蓋拉的碼頭工人私奔的朋友跟她說，她流了兩個小時的血。」「但是這不難理解，」羅莎承認。「蓋拉來的男人能讓騾子高歌本來就名不虛傳。」接著她又回到正題：「可憐的小姑娘，她還在工廠縫了一整天的鈕扣。」「我想那不是太費力的工作。」她反駁：「男人都這麼想，但其實這比鑿石頭還辛苦。」除此之外，她老實跟我說她讓小女孩喝了加了纈草的鎮靜藥茶，現在正在睡覺。我怕博取同情恐怕只是另一個加價的詭計，但並非如此，她說：「我說話算話。規則不變：每樣東西分開付錢，而且要預付。就是這樣。」

我跟著她穿過院子，看見她乾癟的皮膚，拖著穿白棉襪的腫脹雙腳走路，不禁感到心疼。一輪明月已經高掛在夜空中央，世界沐浴在一汪綠水之中。店旁有一個專供舉辦公務派對的棕櫚葉小亭，和無數的皮革凳子，以及掛在木頭柱子上的吊床。後院有一座含六個房間的長廊，每一間都是沒有抹石灰泥的磚頭裸牆和防蚊紗窗，再過去是一片果樹林。只有一間點著燈，燈光朦朧，收音機傳來黑女星朵孃高歌不幸戀情的歌聲。羅莎．卡巴爾卡斯吸了一口空氣：「波麗露舞曲就是人生哪。」我贊同她的說法，但是直到今日我才敢寫出來。她推開房門進去後旋即出來。她說：「她還在睡。你得讓她休息直到身體甦醒過來，你的夜晚可比她的還要長。」我不懂：「妳覺得我該做什麼？」她出奇平靜地回答：「你是聰明人，會知道該做什麼。」她轉過身，丟下我一個人和恐懼相處。

我別無他法。我踏進房間，一顆心緊張得快跳出胸腔，我看見酣睡的小女孩，她一絲不掛，躺在巨大的出租床上顯得柔弱無依，就跟剛出娘胎同個模樣。她側躺著，面朝門口，一盞亮燈從盡頭照在她身上，清楚照亮每個細節。我在床邊坐下來凝視她，五種感官被一種魔幻的氣氛包圍。她有著棕色皮膚和溫暖的身軀。他們給她進行了一套淨身和美容保養，連陰部剛冒出的細毛也沒放過。他們幫她捲了頭髮，把手指跟腳趾塗上自然色的指甲油，但是糖蜜色肌膚顯得粗糙和幾經風霜。她含苞待放的胸部還跟小男孩沒兩樣，但是有股隱隱的力量像是正要冒出隆起。她身體最美的，要數那雙踩著無聲腳步的大腳，以及如同手指那樣細長敏感的腳趾頭。儘管電風扇吹著，她身上覆蓋一層晶亮的汗水，夜晚的悶熱隨著夜深越來越難以忍受。很難想像那張擦著五彩繽紛顏色的臉是長什麼模樣，她的臉頰搽上厚厚的白粉和兩片腮紅，貼著假睫毛，眉毛和眼皮塗著煙燻眼影，嘴脣因為搽上了巧克力色的亮油而顯得豐滿。但是任何的堆疊和修飾，都遮掩不了她的特色：高挺的鼻子，連結的雙眉，熱情的嘴脣。我心想：她是頭小鬥牛。

到了十一點，我照例到浴室盥洗，她那身窮人衣裳就以一種富人的細膩摺好疊在一張椅子上：一件蝴蝶印花粗棉布洋裝，一件黃色棉質內褲，一雙編麻涼鞋。衣服上面擱著一只廉價手環和一條非常細薄的聖母像項鍊。洗手台的擱板上有一個雜色毛皮錢包和一條口紅、一盒胭紅、一支鑰匙和幾枚錢幣。都是廉價貨，而且用得破破爛爛，我無法想像還有誰跟她一樣窮。

我脫掉衣服，盡可能把每一件都好好掛上衣架，以免弄壞絲質襯衫和燙整好的亞麻布料。我照著芙洛莉娜・德迪歐斯從小的教導，坐在拉鍊抽水馬桶上解尿，以免弄髒馬桶四周，我可以大言不慚地說，我依然能夠很快地撒下一泡像野馬一樣源源不斷的尿。離開浴室前，我照了一下洗手台的鏡子。鏡中的野馬望著我，看起來沒那麼死氣沉沉，但一臉哀傷，有著跟教宗一樣的下巴垂肉，浮腫的眼皮，曾經如同音樂家蓬鬆的髮絲變成稀疏的雜毛。

「該死。」我對著鏡中人說。「如果你不喜歡我，我該怎麼辦？」

我赤身裸體在床上坐下來，試著別吵醒她，此刻我已習慣紅色光芒修飾的欺騙效果，開始一寸一寸地檢視她。我伸出食指滑過她汗溼的後頸，她整個人從內而外顫抖，彷彿豎琴的琴弦，吐出一聲咕噥，翻過身往我靠過來，她帶著酸味的呼氣將我包圍。我用拇指和食指捏住她的鼻子，她身體發顫，但沒醒過來，只是轉開頭，背對著我。我一時興起，伸出膝蓋試著頂開她的雙腿。試了兩次，但她夾緊大腿抗拒。我在她耳邊唱歌：黛兒戈迪娜的床邊圍繞著天使。她放鬆了點。一股熱流竄過我的血管，我那退隱江湖的野獸從漫長的夢中甦醒。

「我親愛的黛兒戈迪娜。」我忐忑不安地向她乞求。她發出一聲哀傷的呻吟，掙脫我的雙腿，背對著我蜷成一團，彷彿躲在殼裡的蝸牛。纈草的鎮靜效果或許對我跟對她來說太過強烈，因為她毫無動靜，沒有人有任何動靜。但是我無所謂。我自問叫醒她能做什麼？我深感卑微和悲傷，就跟鯔魚一樣硬邦邦的。

這時，午夜十二點的鐘聲響起，揭開八月二十九日的凌晨，這一天是聖若翰洗者殉道的節日。有人在街道上哭喊，但沒人理會他。我想他需要有人替他禱告，便幫他代禱，我也替自己禱告，感謝蒙受的恩澤：但願不要有人欺騙自己，不，預料將到的一定比曾見過的還久。小女孩繼續在夢中呻吟，我也為她禱告：因為一切必照著這樣的方式發生。接著我關掉收音機和熄燈睡覺。

凌晨時分，我清醒過來，不記得身在何方。小女孩依然背對著我沉睡，縮成跟胎兒一樣的姿勢。我隱約感覺她曾摸黑下床，聽見廁所傳來沖水聲，但也可能只是夢。這對我來說是全新的經驗。我不懂搭訕技巧，過去我總是隨機挑選共度春宵的女子，主要考慮收費而非喜好，在床上做的時候不帶愛意，多半是衣衫半褪，而且為了美化想像，一定在漆黑中進行。這一夜，我凝視著沉睡女人的嬌軀，掙脫欲望的催促，擺脫羞恥的束縛，竟發現了一種不真實的喜悅。

清晨五點我起床，內心惴惴不安，因為週日專欄應該在十二點前交到編輯室桌上。我準時上完廁所，月圓夜的熱火尚未熄滅，當我鬆開沖水拉繩，感覺過往的怨恨也跟著沖下了水管。我神清氣爽，穿好衣服回到房間，小女孩還在睡，她沐浴在柔和的晨曦中，仰面橫躺，雙臂打開，呈大字型占據整張床，守著她的童貞。我對她說：「願天主庇佑妳。」剩下該付和該給她的錢，我都放在枕頭上，接著我在她的額頭印下一吻，向她永遠道別。這棟小屋跟整間妓院，在破曉時分最貌似樂園，我從通往果園的門出去，不想碰到任何人。這時炙熱的陽光已灑在街道上，我感覺到身上已馱著九十歲的重量，於是開始細數死亡那一刻來臨前每天夜晚的每一分鐘。

2

我在書房裡撰寫回憶錄，這間幾乎面目全非的書房曾屬於父母，書架遭到蠹蟲長時間以來的蛀蝕早已搖搖欲墜。總之，我在這個世界上剩餘的工作，足以用我的各種字典來完成，再加上貝尼托·佩雷斯·加爾多斯的《國家史詩集》的前兩系列，和教會我了解飽受肺結核折磨的母親那反覆無常脾氣的《魔山》。

我寫作用的大桌跟我的身軀以及其他的家具不同，在歲月的摧殘下似乎還保有極佳的狀態，因為這是我那位輪船木工祖父用昂貴的木材做的。我平時不寫作，不過每天早上還是去裝點桌子，正是這種毫無意義的正經八百，讓我錯失了許多戀情。我的手邊擺著我的伙伴書：兩冊西班牙皇家學院在一九〇三年出版的《第一圖解字典》；塞巴斯蒂安·德·科瓦魯比亞斯的《西班牙語詞典寶庫》；安德烈斯·貝略的文法書，這本嚴謹的書是用來以防語義上的疑問；胡利歐．卡薩雷斯的新版《意識形態字典》，尤其重要的是反義詞和同義詞部分；尼古拉．辛加雷利的《義大利語字典》，用來加強我從襁褓就學習的母親的母語，以及一本拉丁語字典，畢竟這是我的兩種母語的源頭語言。

書桌左邊總是擺著五張專門寫週日專欄的條紋紙，還有一個專門盛裝吸墨粉的角杯，我比較沒那麼喜歡現代的吸墨紙。右邊是墨水瓶和擱著羽毛金筆的輕木筆座，我還保有手寫習慣，芙洛莉娜．德迪歐斯教會我使用羅馬字體，她不希望我學的是她那到嚥下最後一口氣都是國家公證人和宣誓會計師丈夫的筆跡。報社在許久以前就下令我們用打字機寫作，這樣一來能更容易計算排字機需要用多少鉛塊，也比較能準確排版，但是我從沒養成這個壞習慣。我依然使用手寫，再像母雞不斷啄食般用打字機謄稿，身為比較資深的員工，我享有這個令人看不順眼的特權。如今我退休了，但可沒屈服，我依舊享有在家寫作的神聖特權，我把電話筒拿起來，避免有人打擾，不用忍受審查員從後面檢視我寫什麼。

我一個人生活，沒有狗兒或鳥兒或傭人相伴，至於曾在我遭遇最出其不意的困難時刻挺身相救的忠誠黛米亞娜，儘管她已經眼茫茫，腦筋也沒以前那麼清楚，但她依然每個禮拜來一次，需要做什麼就做。我的母親躺在臨終的床上曾求我趁年輕找個白女人結婚，起碼要生三個孩子，女兒要取她的名字，那也是她的母親和外婆的名字。我沒做到她的要求，但是我對年輕的看法很有彈性，覺得永遠不嫌太晚。直到一天炎熱的正午，我在帕洛馬雷斯·德·卡斯楚一家位在普拉托馬的屋子走錯門，撞見他們的小女兒席梅娜·奧提茲一絲不掛地躺在隔間臥室的吊床睡午覺。她背對著門，轉過頭來看我，動作太令人措手不及，我來不及逃跑。「喔，真對不起。」我心慌膽顫地說。她露出微笑，像是羚羊般靈巧地扭過身，向我展露胴體。滿室都是她外洩的春光。她不是完全裸體，因為耳上插著一朵橘色花瓣的毒花，彷彿馬奈的〈奧林匹亞〉，她的右手腕也戴著一個黃金手鐲，脖子上還有一串小巧的珍珠項鍊。我心想，餘生不可能再有機會看到這樣一幕撩人心弦的畫面，如今我更確信當時的想法沒錯。

我猛然關上門，羞於自己的笨拙，並決定忘掉她。可是席梅娜．奧提茲沒放過我。她透過我們共同的朋友捎來口信和挑釁的信箇，以及火爆的威脅，同時到處散播我們瘋狂愛上彼此的消息，但我們甚至不曾真正說上一句話。她魅力難擋。她有一雙野貓的眼睛，不論穿上衣裳或未著寸縷都一樣惹火的身軀，一頭蓬亂濃密的金色秀髮，那女人味十足的髮香勾得我在枕頭上猛掉淚。我知道這永遠不會昇華為愛情，不過她對我施展的致命吸引力太過炙熱，我只好盡可能找同樣擁有那雙乍逢的碧綠眼眸的妓女洩欲。我始終撲熄不了她躺在普拉托馬的那張吊床上的回憶所點燃的烈火，因此，我對她棄械投降，向她正式求婚，交換婚戒，宣布盛大的婚禮將在五旬節之前舉行。

這個消息像顆炸彈，在中國區爆開來的威力遠比在社交俱樂部還要深遠。一開始只是引起嘲弄，但後來演變成一股浩浩的反對聲浪，因為來自學究的意見把這場婚姻視為荒謬而非神聖。交往期間，我在未婚妻家中的露台上垂掛亞馬遜蘭花和蕨類盆栽，謹守所有天主教的道德規範。我在晚上七點抵達，一身白色亞麻布打扮，帶著手工藝串珠或瑞士巧克力當禮物，我們在艾荷妮妲阿姨的監視下，半暗示半認真地聊天到十點，阿姨就像當代小說中描述的那些監督伴陪，在第一個眨眼的瞬間就睡著了。

當我們越是認識彼此，席梅娜就變得越是大膽，六月的燠熱越來越難耐，她脫掉胸衣和襯裙的束縛，加上天色朦朧不清，可以想像這是多麼輕易就能瓦解意志。交往兩個月後，我們已經沒什麼可以聊，她想提生兒育女的話題，但沒說出口，而是勾了些新生寶寶的粗羊毛小鞋。我是個溫柔的未婚夫，也跟著她學勾毛線，我們就是這樣打發婚禮前無所事事的時光，我勾兒子穿的藍色小鞋，她勾女兒的粉紅小鞋，看看誰猜得準，直到累積的數量足以給超過半百個孩子穿。在十點的鐘響前，我爬上了一輛馬車，懷著受天主庇佑的寧靜，前往中國區開始夜生活。

中國區替我舉辦的告別單身的派對，熱熱鬧鬧猶如狂風暴雨，和社交俱樂部氣氛拘謹的晚會全然不同。這樣的天差地別，讓我明白這兩個世界哪一個才是我真正的世界，我癡心妄想地認為兩個世界都算，只是分屬不同的時間，我喟然而嘆，因為不論哪個世界都跟另一個遙遙對望，就像兩艘在汪洋上隔開來的小船。結婚前夕，在「天主的力量」酒館舉辦的舞會最後還包括了一場儀式，這只有在貪欲中掙扎的加里西亞神父才想得出來，他替所有的女性戴上面紗和橘樹花，讓她們在全體參加的聖禮上嫁給我。這是恣意褻瀆的一晚，她們當中二十二個人對我承諾了愛情跟服從，我回以忠誠和答應供養她們直到踏進棺材的那天。

我無法成眠，因為預感無可挽救的事就要發生。我從凌晨開始就跟著教堂的鐘數著時間的腳步，直到聽見了那令人畏懼的七聲鐘響，而我應該現身在教堂。到了八點，電話鈴聲開始響起；難以捉摸的長長鈴聲固執地響了一個多小時。我不接電話，也不敢呼吸。快十點時，有人來敲門，先是用拳頭，接著熟悉的嗓音咆哮起來，語氣充滿厭惡。我害怕他們猛力一推將門撞倒，但是到了十一點，整棟屋子籠罩在一股令人毛骨悚然的死寂中，宛如天災過後。這時我淚如雨下，我為她同時也為自己哭泣，我誠心祈禱餘生別再遇見她。有位聖人聽進了我一半的祈禱，因為同一晚席梅娜・奧提茲就遠走他鄉，直到二十多年後才回來，她嫁做人婦，生了七個孩子，他們原本都可能是我的孩子。

鬧出這場社交醜聞之後，我費了九牛二虎之力才保住在《和平報》的工作和專欄。不過他們開始冷落我的專欄，但會改登在第十一頁並不是這個原因，而是向進入二十世紀的盲目推力低頭。進步成為了都市的神話，一切都已改頭換貌。飛機飛上了天空，有個企業家從容克斯運輸機拋下一袋郵件，就此發明了航空郵政。

唯一沒變的是我登在報上的專欄。新一代的人對這個專欄群起攻訐，認為應該清除代表舊時代的木乃伊，但是我堅持同樣的語調，無視革新的空氣，絲毫不退讓。我對一切充耳不聞。我年滿四十歲，可是年輕的編輯群卻稱這是「私生子穆達拉的專欄」。當時的社長約我到他的辦公室，要求我跟上新潮流。他慎重其事地對我說：「世界是往前走的。」彷彿這種說法才發明不久，我對他說：「沒錯，但是繞著太陽轉。」他保留我的禮拜天專欄，因為他不太可能找得到其他的編寫員替補。現在我知道我是有理的，而且也知道原因。我們這一代的年輕人對人生充滿野心，徹底忘卻對未來的憧憬，直到在現實世界學到未來與夢想的不同，最後他們才犯了懷舊思愁。而屹立不搖的星期日專欄，就像一處堆積過往的殘磚碎瓦的遺跡，他們發現那不只是給老一輩看的，不怕老去的年輕人也能看。於是專欄重新回到了社論版，在特別的時機還能躍上頭版。

只要有人問起婚姻大事，我一定老實回答：「妓女讓我忙得沒時間結婚。」然而，我必須承認，一直到九十歲這天，當我帶著絕不再挑釁命運的決心，踏出羅莎．卡巴爾卡斯的妓院時，我才得出這個解釋。我感覺自己變了個人。我看見站在公園鐵網圍欄邊的軍人時有些不安。我碰見黛米亞娜跪在客廳刷洗地板，那雙依然看似年輕的大腿勾起我昔日的一股衝動。她想必感覺到了，因為她拉好裙子蓋住。我忍不住問她：「黛米亞娜，告訴我：妳想起什麼？」她回答：「我沒想起什麼，倒是您的問題提醒了我。」我感覺胸口鬱悶。我對她說：「我從沒戀愛過。」她馬上回答：「我戀愛過。」接著她繼續工作並說：「我為您哭了二十二年。」我的心猛然一跳。為了保住面子，找個台階下，我對她說：「我們也許是天生一對呢。」她說：「你錯在現在才告訴我，連安慰的效果都沒有了。」她離去時，用最自然的方式對我說：「也許您不會相信吧，但感謝天主，我到現在還守身如玉。」

不久，我發現她在整間屋子擺置了插著紅玫瑰的花瓶，並在枕頭上留下一張卡片：祝您長命百歲。我滿腹苦澀，坐下來繼續寫前一天未完的稿子。我扭斷天鵝的脖子，將稿子從腹部挖出來，還不能讓人聽見悲鳴，然後花不到兩個小時就一口氣寫完。突然間，一個遲來的靈光乍現，我決定宣布結束專欄，並說這個專欄替我漫長的人生畫下體面和快樂的句點，讓我不至於淒慘老死。

我打算把稿子送到報社的接待櫃檯後回家。無奈難以如願。全體工作人員都等著為我慶生。報社大樓正在整修，到處都是冷冰冰的鷹架和殘磚碎瓦，可是他們為了慶生會將工程暫停。木工桌上擺著祝酒的飲料，還有包裝精美的生日禮物。鎂光燈恍若閃電劃過，我就在驚愕中拍下了所有的紀念照片。

我很高興在這裡遇見城內電台的其他報社記者：保守派晨報《評論報》，自由派晨報《使者報》，和煽動性取向的晚報《民族報》，最後這間報社善於用炒作羶色腥的文藝欄來替公共秩序紓壓。他們同聚一堂並不奇怪，因為這座城市的精神就是廣納包容，即使元帥帶領編輯部門打仗，軍隊也能保持友誼。

國家出版物審查員傑洛尼莫・歐特加也在工作時間外來訪，我們都叫他九點的討厭鬼，因為他總在晚上的這個時間帶著他那支野蠻總督的嗜血筆桿準時抵達，然後待到確認隔天要發行的文字都修正完畢才走。他個人對我特別反感，討厭我以文法專家自居，或我覺得使用義大利文比西班牙文更能完美表達語意，卻沒有標雙逗號或採用斜體字，因為我覺得這兩種連體孿生語言的規則應該相通。我們忍受他整整四年，後來接受了他，把他當作是在敦促自我的罪惡感。

幾位秘書端著一個生日蛋糕走進大廳，上面點燃九十支蠟燭，這是我第一次面對自己的歲數。當他們唱起祝詞，我不得不吞下淚水，接著無來由地想起了那個小女孩。這不是一股突然升起的怨恨，而是對一個我不期待還能記得我的小東西遲來的憐憫。安靜了半晌，他們遞給我一把刀子切蛋糕。大家都怕鬧笑話，所以沒人敢說上一段臨場感言。而我也會寧死不回應。慶生會結尾，我向來沒太大好感的總編輯將我們拉回了無情的現實。他對我說：「好啦，卓越的九十歲壽星，您的專欄稿子在哪裡？」

事實上，我整個下午都感覺專欄這件事就像團火在口袋裡燃燒，但是現場的情緒深深地感染了我，讓我實在狠不下心提出想封筆的念頭，對這個慶生會潑上一桶冷水。我說：「這次沒稿子。」總編輯不太開心，缺稿令人難以置信，是從上個世紀以來就沒聽過的事。我對他說：「請您就體諒這麼一次。我剛度過一個難熬的夜晚，起床後還頭昏腦脹。」他帶著酸酸的幽默說：「那麼您應該把這件事寫下來啊，讀者都想知道活到九十歲到底是什麼滋味的第一手感想。」其中一位秘書插話。她說：「那想必是個美妙的秘密吧。」接著不懷好意地看著我說：「難道不是？」我的臉一陣熱燙。我心想：「該死，臉紅就像個叛徒。」另一位秘書的臉亮了起來，指著我說：「不可思議！您這個年紀還懂得臉紅的優雅。」她失當的言語讓我通紅的臉更加滾燙。「想必是個冒險的一晚吧。」第一位秘書說。「真叫人嫉妒！」接著她在我臉頰印了一吻，留下前奏曲唱片。大多數的編輯送的都是當下火紅的書籍。我還沒拆完禮物，羅莎・卡巴爾卡斯就打電話來問我不想聽到的話：「你跟那個小姑娘怎麼啦？」我不假思索地回答：「沒什麼。」羅莎・卡巴爾卡斯說：「你根本沒叫醒她，這叫沒什麼？女人永遠無法原諒男人輕視她的初夜。」我辯駁說那個小女孩不可能只是縫釦子就累成那樣，她或許是對不愉快的場景過於害怕而裝睡。羅莎說：「嚴重的是，她相信你已經雄風不振，我不希望她到處宣傳。」

我沒有如她所願地表現出驚訝。我對她說：「就算如此，她那可憐兮兮的模樣，不管是睡著還是醒著都讓人下不了手：嚴重到就快住院。」羅莎・卡巴爾卡斯壓低聲音：「都怪你太猴急，不過等著看，還是可以補救的。」她保證她會要小女孩老實說，如果有必要，會向她把錢討回來。「你覺得如何？」我對她說：「別這樣。

沒事的，而這證實我已經不適合做這種事，也算值回票價。如果是這樣，小姑娘說的不就沒錯：我已經不中用了。」我掛上電話，全身充滿一種這輩子從沒嘗過的自由滋味，並終於擺脫了從十三歲起就一直束縛我的奴性。

晚上七點，我很榮幸受邀到藝術廳參加賈克．提博和阿爾弗瑞．柯爾托的音樂會，聽他們精采演奏凱撒．法朗克的小提琴和鋼琴奏鳴曲，中場休息時間，我聽到難以置信的讚美。我們的音樂巨匠佩德羅．比亞瓦幾乎是拖著我到化妝室，把我介紹給音樂家。我迷迷糊糊，祝賀他們彈奏一首根本沒彈的舒曼奏鳴曲，結果有人毫不客氣地當眾指正我的錯誤。當下大家以為我單純只是無知而將兩首奏鳴曲搞混，隔了一個禮拜日，我試圖在音樂會的樂評補救，但我的解釋卻讓人傻眼，而且越描越黑。

這是我在這漫長的一生第一次感到自己下得了手殺人。我回到家，痛苦地聽著惡魔在耳邊搧風點火說著根本來不及給的回答，我不論怎麼閱讀和聽音樂都沒辦法化解心中的怒氣。幸好羅莎・卡巴爾卡斯在電話中的一聲尖叫，將我從胡思亂想的深淵拉回：「我看到報紙真開心，我還以為你是滿一百，不是九十歲。」我粗暴地回答：「所以我在妳眼中這麼糟糕？」她說：「恰恰相反。我很驚訝地看到你容光煥發。你不是那種越老越色、想證明自己還老當益壯的老頭。」接著她猛然轉換話題：「我準備了一個禮物給你。」我真的大吃一驚：「什麼禮物？」她說：「那個小姑娘。」

我想都沒多想地對她說：「謝謝，但那件事已是過眼雲煙。」她繼續說：「我會讓她仔細洗過香木蒸汽浴，再用縐紋紙包裝好送到你家，全部免費。」我不為所動，她試圖解釋，儘管言詞尖銳，聽起來卻十分誠懇。她說那個禮拜五小女孩拿縫針和頂針縫了兩百顆，所以累壞了。她的確害怕血腥的強暴，但已經做好了犧牲的準備。她跟我的春宵夜曾下床上廁所，看到我睡得那麼沉，便不忍心叫醒我。但是她早上再次醒來時，我已經離開了。聽到像是說謊的部分，我氣得不得了。羅莎．卡巴爾卡斯繼續說：「好吧。儘管如此，那個小姑娘很後悔。可憐的小東西，她現在在我面前。想跟她說說話嗎？」我對她說：「老天，不必了。」

當我開始動筆時，報社秘書打電話來。她交代社長隔天早上十一點想要見我。我準時抵達。重建工程如雷般的轟隆噪音似乎沒那麼難以忍受，鐵鎚敲敲打打，水泥灰和焦油熱氣混雜在一起，空氣變得稀薄窒悶，可是編輯部似乎早就知道怎麼在混亂中繼續平日的作息。相反地，社長的辦公室冰涼寧靜，彷彿一個跟我們國家情勢迥異的理想國度。

一臉稚氣的馬可．士里歐三世看見我走進來，立刻站起來，他一面繼續講電話，一面伸出手來握緊我的手，並示意我坐下。我心想電話另外一頭應該沒人，他只是故作模樣，想讓我留下深刻印象，但我馬上發現他正在跟市長談話，那可是一場友好敵人間的激烈交鋒對話。此外，我認為他儘管站著跟高官講話，依然在我面前盡力表現出神采奕奕。

他看起來有潔癖。他剛滿二十九歲，會講四種語言，有三個國際碩士學位，跟他的祖父不同，他擔任第一任終身社長的祖父在靠著拐賣婦女賺取大筆財富後，利用自身經驗當上了記者。他舉止從容，過於俊美聰明，全身上下唯一的缺陷是聲音流露出的虛假。他穿著一件運動夾克，領子插著一朵新鮮的蘭花，他把每樣東西都穿戴得十分自然，但是身上的每樣物品沒有一樣適合街道上的氣候，而是專為他四季如春的辦公室打造。我花了快兩個小時打扮，此刻卻羞於自己的窮酸樣，於是心底升起了一股怒氣。

總之，最毒的一擊是報紙創立二十五週年紀念日的那張員工全體照，照片上陸續過世的人的頭上都打了一個小小的叉號。我在右邊數來第三個，頭戴一頂平頂草帽，打著一個用珍珠別針固定的大領結，那第一次留的內戰將軍八字鬍一直到四十歲才刮掉，我還戴著一副神學院學生樣式的金屬框遠視眼鏡，不過直到半個世紀過後才真正派上用場。多年來，我在不同的辦公室都看過這張照片，但是一直到此刻我才深刻感受到其中傳遞的訊息：我們四十八個元老員工僅剩下四個還活著，當中年紀最小的因犯下多起謀殺案被判刑服監二十年。

社長講完電話後，訝異地發現我正在看照片，他露出微笑。他說：「上面的叉號不是我打的，我覺得那麼做實在沒品。」他在辦公桌後坐下來，換了語調：「請容我這麼說，您是我認識的人最難以捉摸的一個。」他不顧我面露驚訝，搶先把話講完：「我這麼說是因為您遞上了辭呈。」我吃力地回答：「我做了一輩子了啊。」他回答說正是因為如此，所以才不是一個恰當的決定。他認為我的專欄寫得很動人，他從沒讀過對老年這般深入的刻劃，如果就這麼結束，那就像是平庸地死去。他說，幸好「九點的討厭鬼」讀到已經排版好的社論後覺得不妥，於是他沒跟任何人商量，逕自拿起那支宗教裁判所法官托爾克馬達之筆大筆一揮，將整篇刪除。「今天早上知道這件事之後，我派人送了一封抗議信給省政府。這是我的職責，但我偷偷告訴您，其實我非常感謝這一次蠻橫的審查。因人更了解他的狗，教牠按時吃飯和排泄，回答問題和分享他的哀傷，根本是違反自然的行為。但若是拒收排版員的貓未免也太冷漠無情。況且，那是一隻美麗的正統安哥拉貓，有著一身柔順的粉色毛髮和一雙晶亮的眼睛，那喵叫聲一出口恍若化作言語。他們把貓裝在一個籐籃裡交給我，還附上一張血統證明書，和一本類似教人怎麼組合腳踏車的使用手冊。

有支巡邏軍隊正在臨檢路人，確認過身分後才放他們進入聖尼可拉斯公園。我從來沒看過也無從想像這種跟我的老化一樣令人心碎的現狀。那是一支四人巡邏隊，帶頭的軍官只是個毛頭小伙子。隊員是個冷酷安靜的高地人，身上散發一股馬廄的騷味。軍官監視所有人，那名安地斯山區人的臉頰像是在沙灘上晒紅了一般。檢查完我的身分證與記者證之後，他問籃子裡是什麼東西。我跟他說一隻貓。他想看貓。我小心翼翼地打開蓋子，生怕貓逃走，但其中一名隊員想看底部還有什麼東西，結果反被貓抓了一把。軍官插手處理。他說真是一隻珍貴的安哥拉貓。他輕輕撫摸貓，嘴裡還呢喃著什麼，貓沒攻擊他但也沒理他。他問：「幾歲了？」我回答：「不知道，這是人家剛送我的禮物。」「我這麼問是因為貓很老了，可能已經十歲。」我想問他是怎麼知道的，以及再多問一點其他的東西，但他雖然舉止和善，舌粲蓮花，跟他說話卻會讓我胃痛。他說：「我覺得這是一隻很多人養過的棄貓。仔細觀察牠，牠不會習慣您的，而是您要學著習慣牠，就讓牠這樣吧，直到牠能信任您。」他關上籃子的蓋子，問我：「您從事哪一行？」「我是記者。」「多久了？」我告訴他：「從上個世紀開始。」他說：「我相信的確如此。」他握緊我的手，用一句話向我告別，或許不是威脅，而是一句善意的勸告：

「請保重。」

正午時刻，我拔掉電話線，準備徜徉在優美的音樂曲目裡：華格納的豎笛和管弦樂狂想曲、德布西的薩克斯風狂想曲，和布魯克納的弦樂五重奏，這是他如同波濤洪水的作品中恍若伊甸園的一潭靜水。很快地，我沉浸在書房的昏暗中。我感覺書桌下有個東西溜過去，不像活生生的物體，而像是超自然的形體蹭過我的雙腳，我失聲尖叫，跳了起來。是貓，牠有著柔軟的美麗尾巴、神秘的慵懶和不凡的血統，我一想到獨自跟不是人類的生物待在家裡，就忍不住打冷顫。

當教堂響起七點的鐘聲，粉色的天空只有一顆白亮的星子，有艘船發出一聲道別的悲鳴，我感覺喉嚨卡著各種或許可以稱為愛情又或者不是愛情的錯綜死結。我再也忍受不了。我拿起話筒，懸著一顆心，撥打四個數字，動作非常緩慢，就怕撥錯，到了第三聲的接通聲，我聽出那個聲音。「嗯，女人。」我對她說，同時鬆了一口氣：「請原諒我今天早上鬧脾氣。」她平靜地說：「沒關係，我正在等你的電話。」我跟她說：「我希望那個小女孩就像剛出生一樣全身光溜溜，臉上不要塗任何脂粉。」她咯咯地笑。「悉聽尊便。」她說。「但是你可會錯過剝光一件件衣服的樂趣，這是老頭子最愛的把戲，我也不知道為什麼。」我對她說：「我知道，因為年紀越來越老。」她贊同我的說法。

「好吧。」她說。「打鐵要趁熱，那麼就今晚十點整。」

3

她叫什麼什麼名字？老鴇沒告訴我。她跟我提起她時，只會這樣叫她：「那個小姑娘。」我把這個叫法當作她的真名，就像「眼中的西施」或「小帆船」之類的稱呼。此外，羅莎．卡巴爾卡斯也替服務每個客戶的女孩取不同的名字。我覺得從她們的長相猜名字很有趣，我從一開始就認為這個小姑娘有個很長的名字，比如翡洛梅娜、紗杜妮娜，或者妮可拉珊。當她躺在床上翻過身去，背對著我，我似乎看見她留下一灘身體形狀大小的血跡。我當真嚇了一大跳，接著確認那是溼透床單的汗水。

羅莎．卡巴爾卡斯建議我要溫柔待她，因為她還沒從第一次的驚嚇中恢復。此外，我認為那套隆重的準備儀式加深了她的恐懼，不得不加重給她的纈草藥茶的劑量，她睡得那樣安詳，不唱點歌來叫醒她實在可惜。因此，我拿起毛巾，一邊替她擦汗一邊低聲唱著：黛兒戈迪娜，黛兒戈迪娜，妳是我心肝寶貝。這真是個無邊的喜悅，我擦完她身體一側的汗，換另一側開始流汗，好似歌會永遠唱不完。起來吧，黛兒戈迪娜，穿上妳的絲裙。我在她耳邊輕唱。最後，當唱到國王的僕人發現她躺在床上渴死，我感覺我的小女孩似乎聽見了名字就要甦醒。所以這就是她的名字：黛兒戈迪娜。

我穿著脣印圖樣的內褲回到床邊，在她的身邊躺下來。我伴著她平靜的呼吸聲睡到五點。我匆忙穿好衣服，沒有梳洗，就在這一刻我看見洗手台的鏡面有一句用口紅寫下的警句：大難即將臨頭。我知道前一夜沒有這些字，而且沒有人能進到房間，因此我明白這是指有毒的禮物。當我走到門口，一聲響雷打下，我嚇了一大跳，房間瀰漫一股潮溼的土味，彷彿在預告著什麼。我來不及安然無恙地逃離。還沒招到計程車，一場暴雨已如萬馬奔騰般傾瀉而下，這領地，或許這隻貓就是這樣，但手冊上沒說該怎麼矯正這個問題。牠繼續畫地，變成由我來熟悉牠原本的習慣，但是我找不到牠的秘密藏身地、牠的休息場所，以及牠的脾氣捉摸不定的原因。我想訓練牠按時吃飯、使用露台上的砂盆、不要在我睡覺時爬上我的床或聞桌上的食物，但我沒辦法讓牠了解牠之所以有權利住在這個家，並非因為它是個戰利品。於是我也只能讓牠為所欲為。

到了黃昏，我起身對抗暴雨，那猛烈的狂風像是要把屋子拆了。我不斷打噴嚏，頭痛欲裂，還發燒，但內心似乎充滿了力量，還升起一股不管是哪個年紀或哪種原因都不曾有過的決心。我把各種鍋具放在地上盛接漏水，我注意到有幾處是去年冬天就已經出現的新漏水孔。最嚴重的一處開始將書房的右側淹沒。我趕緊救出住在那一帶的希臘和拉丁文作者，但是抽出書本後，我發現牆壁的底部有一條水柱從一根破掉的水管裡洶湧冒出。我用抹布盡可能地塞住破掉的水管，設法爭取時間好搶救書本。公園裡瀟瀟颯颯的風雨聲越來越大。突然間，恍若幽魂的閃電伴隨雷鳴出現，空氣中瀰漫著一股強烈的硫磺氣味，強風吹壞陽台的彩繪玻璃，可怕的驟雨沖毀了鎖頭，闖進屋子中。然而，不到十分鐘一切就雨過天青，燦爛的陽光曬乾布滿殘磚碎瓦的街道，熱氣再次瀰漫開來。

暴雨過去了，我還是有一種不是一個人在家的感覺。我唯一的解釋是，真實發生的事會遭到遺忘，從未發生的事也可能存在回憶裡。就好像真的發生過。當我回憶那場猛然降下的暴雨，我看見自己不是一個人在家，而是黛兒戈迪娜一直相伴在側。我感覺她是如此靠近，夜裡我聽見她在臥室裡的呼吸聲，感受到她躺在我枕頭上的臉頰輕顫。因為這樣，我明白我們可以在短短的時間內做很多事。我回憶我踩上了書房的小凳子，我回憶清醒的她穿著碎花洋裝接過書本，拯救它們脫離險境。我看見她在屋子裡東奔西跑，跟暴風雨搏鬥，全身淋得溼答答，水還淹到了腳踝。我回憶起一幅從未有過的情景，她是如何在第二天準備早餐端上桌，我則擦乾地板和整理慘遭滅頂過後的屋子。我永遠忘不了當我們共進早餐時，她那哀傷的眼神：「為什麼你活到這麼老才認識我？」我回以真相：「年齡不是指人活到幾歲，而是感覺幾歲。」

從那時起，她活在我的記憶裡，要多清晰就有多清晰。我會根據心情，變換她的瞳孔顏色：醒來時是水藍色，微笑時是琥珀色，生氣時變成熊熊的火光色。我會視心境轉變，替她更換不同年紀和搭配身分的衣裳：初嘗愛情的二十歲女孩，妓院討生活的四十歲妓女，猶如巴比倫王后的七旬老婦，恍若聖人的百歲老嫗。我們高唱普契尼的愛情二重唱，奧古斯汀．萊拉的波麗露舞曲，卡洛斯．葛戴爾的探戈，我們再一次發現不唱歌的人無從想像唱歌的樂趣。現在我知道這不只是一種幻想，而是這輩子走到九十歲這一年初嘗愛情的一種奇蹟。

屋子整理完畢之後，我打電話給羅莎．卡巴爾卡斯。「老天爺！」她聽到我的聲音後大叫。「我還以為你淹死啦。我不懂你為什麼跟那個小姑娘共度一夜還是沒碰她。你當然有權利不想做，但你至少要像個大人成熟一點。」我本想向她解釋，不過她立即轉換話題：「無論如何，我幫你物色了另一個年紀大一點的、但也是個處女的漂亮女孩。她的爸爸想拿她換一棟房子，不過可以殺價。」我的心一凜。「不用。」我嚇得直抗議。「我想要原來的小女孩，跟之前一樣，我不要失敗，不要爭吵，不要不好的回憶。」電話另一頭安靜下來，最後響起屈從的聲音：「好吧，或許這就是醫生說的老年痴呆吧。」

晚上十點，我搭乘計程車前往，司機有個不可思議美德就是絕不問問題。我帶著一個手提電風扇和一幅親愛的「小人物」畫家奧蘭多．里維拉的畫，以及掛畫所需的一把鐵鎚和一根鐵釘。我在半途停車，買了牙刷、牙膏和香皂，還有花露水、甘草根切片。我也想帶一個美麗的花瓶和一束黃玫瑰，好搭配裝飾紙花的寬邊帽，但我在路邊遍尋不著，只好從私人花園裡偷採了一束剛剛盛開的百合。

我按照老鴇的指示，從這次開始走溝渠旁邊的後巷，以免被人看見我從通向果菜園的大門進去。司機警告我：「聰明人，千萬小心，這間屋子吃人不吐骨頭。」我回答他：「為愛冒險犯難，在所不惜。」院子裡一片漆黑，但窗戶透出流露生命氣息的燈光，六個房間傳出的音樂交織在一起。我的那間音樂最大聲，我聽出那是佩德羅．巴爾加斯先生溫暖的歌聲，他是美洲男高音，還有一首米蓋爾．馬塔莫洛斯的波麗露舞曲。我感覺就要昏死過去。我推開門，呼吸紊亂，我看見黛兒戈迪娜跟記憶中一樣地躺在床上：一絲不掛，側向左邊安然沉睡。

爬上床之前，我整理了一下梳妝台，把生鏽的電風扇換成新的，將畫掛在她從床上能看見的位置。我躺在她身邊，一寸一寸地檢視她。她跟流連在我家的那位一模一樣：那雙同樣在黑暗中觸摸和熟悉我的手，那雙踩著貓一樣輕盈步伐的腳，那股殘留在我床單上的汗味，那隻戴著頂針的手指。真不可思議：我凝視她，撫摸有血有肉的軀體，卻感覺她不如記憶中來得真實。

我對她說前面的牆壁掛著一幅畫。那是出自「小人物」的畫筆，他是我們非常喜歡的畫家，是妓院有史以來最耀眼的舞男，他是那麼古道熱腸，甚至對惡魔都感到憐憫。他以船漆作畫，畫筆是用他的狗的毛髮製作，畫布是來自墜毀在聖塔瑪爾塔內華達山脈飛機的焦黑帆布。畫中的女人是他從修道院擄來並娶回家的修女。我掛在那裡，希望妳醒來的第一眼看到的就是那幅畫。

當我關燈時，她依舊維持著同樣的姿勢，到了凌晨一點，她的呼吸是如此輕盈，我還替她把了脈搏，確定她還活著。她的鮮血在血管裡奔馳，彷彿一首輕快的歌，在她體內最隱蔽的角落分為支流，回到經過愛情淨化的心臟。

天亮離去之前，我把她的掌紋描在紙上，然後拿給神婆莎伊碧分析，希望了解她。結果是這樣：她是個直腸子。她精於手工。她跟某個過世的人保有聯繫，並希望尋求他的幫助，但是她不明白：她要尋求的協助其實就在身邊。她還是個處子，但是會嫁做人婦，活到很老。她現在有個棕膚男友，不過不是她的真命天子。她可以生八個孩子，但決定只生三個。三十五歲那年，倘若她能聽從內心的聲音，而不是理智的指引，會得到一筆財富，四十歲那年會繼承一筆遺產。她會四處旅行。她有雙重人生和雙重運勢，能掌握自己的命運。她對一切感到好奇，什麼都想嘗試，不過若沒聽從內心的引導，可能會後悔。

我在飽受愛情折磨之餘，著手修理暴雨留下的損害，並趁這個機會把因為缺錢或提不起勁而拖延多年的許多待修工作一併做完。我重新整理書房，按照讀過的順序把書本排好。最後，我賣掉那架堪稱歷史古蹟的自動鋼琴和上百卷經典音樂紙卷，然後買了一台比我原本那台狀況還要好的二手留聲機，喇叭的清晰音質彷彿擴大了屋子的空間。我已日薄西山，但能奇蹟似地活到這把年紀，也算是值得了。

這棟屋子浴火重生了，我航行在黛兒戈迪娜的愛之海，內心蕩漾著一種前半生從未有過的熱情和幸福感。感謝這棟屋子，讓我有機會在過了九十歲之後，第一次面對內在的自己。我發現我執著於每個東西要在該在的位置，每件事都要依照該有的時序，每個字要有該有的風格，我創造這一整套偽裝的系統，是為了隱藏內心的混亂。我發現我嚴守紀律不是出於美德，而是應對自己的粗枝大葉；我發現我假裝大方來掩飾吝嗇，我往壞處想所以謹慎度日，我不想發脾氣所以妥協，我守時只是為了不想讓人知道我不在意別人的時間。最後，我發現愛情不是靈魂的一種狀態，而是一個星座。

我就像變了一個人。我試著重讀青少年時期指引我的經典名著，卻心有餘而力不足。我徜徉在浪漫的文字堆裡，當年我的母親是如何使出鐵腕卻只換來我的唾棄，如今我經過這些文字的滋潤，體會到推動世界往前的那股勢不可擋的力量，並不是幸福的愛情，而是倍受阻撓的愛情。當我對音樂的喜好出現改變，我發現自己落伍又衰老，於是張開了雙臂擁抱命運的喜悅。

我問自己，我怎能放任自己在這片自我挑起、卻又懼怕無比的無邊混沌中載浮載沉。我飄蕩在迷霧裡，面對鏡子自言自語，想要探究自己是誰，卻徒勞無功。我太過入迷癲狂，不得不設法化軟弱為力量，才沒有在一場丟擲石頭和玻璃瓶的學生示威遊行中，高舉一面彷彿將我的處境神聖化的看牌走在前頭：我為愛瘋狂。

我的心思全都懸在熟睡的黛兒戈迪娜身上，我被迷得團團轉，不自覺地改變了週日專欄的精神。無論發生了什麼事件，我的專欄都要為她而寫，為她而笑，為她而哭，我的生命隨著每個字流逝。我打破以往的傳統新聞格式，寫成了一封封專屬於每個人的情書。我向報社提議不要用排版，改用我手寫的羅馬字體刊出。總編輯認為我又倚老賣老，但是社長用一句話說服他，這句話到現在還在編輯部流傳：

「不對：溫和的瘋子往往走在未來的前方。」

大眾立即熱烈反應，正在戀愛的讀者寄來了無數的信件。有幾篇專欄在電台新聞節目以最新緊急插播的方式朗讀出來，然後被人用油印或複寫紙製成副本，像販賣走私菸那樣在聖布拉斯街的街角兜售。當然，我從一開始就順從了渴望在專欄表達自己，但是下筆時，我照例小心翼翼，用一個不曾把自己當老頭的九十歲男人的聲音來陳述。知識圈一如既往地害怕面對新事物，並且意見紛陳，連最意想不到的筆跡學家都因為分析我的筆跡而意見相左。就是他們在挑撥離間，挑起爭論，帶領一股懷舊熱潮。

歲末年終之前，我跟羅莎·卡巴爾卡斯商量好把電扇和化妝台上的物品留在那個房間，以及其他我會陸續帶去布置成能居住的東西。我會在十點抵達，總是帶個新東西給她，或兩個人都喜歡的東西，然後花幾分鐘拿出藏起來的道具，開始布置我們的夜晚舞台。我通常在五點前離開，離開之前，會確認所有的東西都已鎖好。然後臥室會變得空蕩蕩的，回到供過客尋花問柳的原本面貌。有一天早上，我聽見馬可士·裴雷茲決定在他禮拜一的新聞節目上朗讀我的週日專欄，他可是天亮後最多人收聽的電台之音。當我終於壓下湧出的噁心感，我驚恐地說：「黛兒戈迪娜，妳知道的，名聲就像一個非常肥胖的女士，她不跟人睡覺，但是當你張開眼睛，卻看見她總是在床前盯著你看。」

這段日子，我找了一天約羅莎．卡巴爾卡斯共進早餐，儘管她身披重孝，頭戴一頂遮住眉毛的黑色貝雷帽，我卻開始覺得她沒那麼老態龍鍾。她的早餐以豐富聞名，一大堆辣椒逼得我眼淚直流。吞下第一口辣勁十足的辣椒，我淚眼迷濛地對她說：「今晚不是月圓夜，但我的屁股已經燒起來了。」她說：「別抱怨。如果真燒起來，那是因為你還有屁股，要感謝天主。」

當我提起黛兒戈迪娜這個名字，她顯得相當驚訝。她說：「她不叫這個名字，她叫……」我打斷她的話：「別告訴我，對我來說她就叫黛兒戈迪娜。」她肩膀一聳：「好吧，不論怎樣，她是你的，但是我覺得這個名字聽起來像利尿劑的牌子。」我告訴她小女孩在鏡子上寫下大難臨頭的警告。羅莎說：「不可能是她寫的，因為她不識字也不會寫字。」「那麼會是誰？」她聳聳肩：「可能是任何死在房間裡的人。」

我利用一起吃早餐的幾次機會，跟羅莎・卡巴爾卡斯傾訴心事，要她施點小惠，幫我好好照顧黛兒戈迪娜。她面露一抹女學生的淘氣微笑，想都沒想就答應我。她對我說：「真好笑！我感覺你在向我請求娶她呢。」她想到了什麼，於是又說：「對了，你為什麼不乾脆娶她？」我不知所措。她繼續說：「說真的，這樣省錢多了。總之，你這個年紀怕的是雄風不振，不過你說已經沒這個問題。」我打斷她的話：「就是因為得不到愛情，才會藉由性來尋求慰藉。」

她發出笑聲：「喔，親愛的聰明人，我一直都知道你很有男子氣概，一直都是如此，我很高興當你那些敵人都已經棄械投降，你還依然如舊。難怪老聽人家提起你。」我轉換話題，問她：「妳有收聽馬可士．裴雷茲的節目嗎？每個人都聽他的節目。」但她繼續說：「卡馬丘．伊卡諾教授也是，他在昨天的『小道消息時間』上說，這個世界今不如昔，因為像你這樣的男子漢已經寥寥無幾。」

這個週末和黛兒戈迪娜約會時，她發燒又咳嗽。我叫醒羅莎．卡巴爾卡斯，跟她要了家用藥，她帶著一個急救小藥箱來到房間。兩天過後，黛兒戈迪娜依然臥病在床，無法返回縫釦子的日常工作。醫生開給她一般感冒吃的家用藥方，通常一個禮拜內就能轉好，但我對她營養不良的狀況感到擔心。我暫停了跟她的約會，因為很想她，於是利用這個機會整理沒有她在的房間。

我也帶了一幅瑟西莉亞．波拉斯的鋼筆畫，是她獻給阿爾瓦洛・斯佩達的故事集《我們都在等待》的創作。我帶了六冊羅曼・羅蘭的《約翰・克利斯朵夫》來打發失眠時光。這樣一來，當黛兒戈迪娜回到房間時，她會在這裡找到安定的幸福感：用芳香殺蟲劑淨化過後的空氣、玫瑰色調牆壁、柔和的燈光、插著鮮花的花瓶、我的愛書，以及根據現代品味用不同方式懸掛的我母親的好畫。我把老舊的收音機換成一個短波收音機，開著藝術音樂節目，讓黛兒戈迪娜學著伴隨莫札特的四重奏入睡，但有一晚，我發現收音機開著一個專門播放現代波麗露舞曲的電台。這顯然是她喜歡的音樂，於是我接受了，一點也不覺得痛苦，因為我在人生最光輝的歲月也曾真心欣賞過這種歌。隔天，我在回家之前拿起口紅在鏡子上寫下：我的小女孩，我們倆在這個世界上孤獨相偎。

這一段時間，我有一種她長得比時間的腳步還要快的怪異感覺。我把這種感覺告訴羅莎・卡巴爾卡斯，她卻認為這很正常。她說小女孩十二月五日滿十五歲，是個完美的射手座。她過生日這件事是如此真實，我感到不安。「我該送什麼給她？」羅莎・卡巴爾卡斯說：「腳踏車。」她每天得穿越城市兩趟去縫釦子。她讓我看店鋪後面小女孩騎的腳踏車，我卻覺得那輛破銅爛鐵實在配不上我心愛的女人。然而我很感動，因為這確實地證明了黛兒戈迪娜是真的存在於真實的生活中。

當我去為她買一輛最好的腳踏車時，我忍不住想試看看，便沿著商店的坡道騎了幾圈。店員問我幾歲，我賣弄長者的姿態回答：「我快滿九十一歲啦。」店員正好說出了我想聽的話：「您看起來年輕了二十歲呢。」我不知道我怎麼還記得中學時學會的技巧，我感覺自己十分樂在其中。我開始唱歌。起先我低聲哼唱給自己聽，後來學起了偉大的男高音卡羅素的豪氣，在混亂的市集和公有市場那喪心病狂的交通之間放聲高歌。人們感興趣地看著我，對著我大叫，取笑我應該坐輪椅參加環哥倫比亞自行車賽。我像個快樂的航海家，向他們揮揮手打招呼，繼續唱歌。這一個禮拜，我寫了另一篇大膽的專欄〈如何在九十歲快樂騎腳踏車〉來紀念十二月。

黛兒戈迪娜生日當晚，我為她高唱了一整首歌，我吻遍她全身，直到喘不過氣來：沿著脊椎骨，一根接著一根，往下到乾癟的臀部，有著黑痣的那一邊身側，和心臟不停跳動的另一邊身側。她的身體隨著我的吻逐漸發熱，散發一股鄉野的芬芳。她在我探索每一寸肌膚時，回以一陣又一陣的顫抖，而我在每一寸都發現了不同的熱度、獨特的滋味、全新的呻吟，她整個人從體內深處發出一聲迴盪的琶音，她胸前的蓓蕾不經輕撫便已然綻放。清晨時分，當我聽見大海傳來雜沓的吵鬧聲，感覺到樹木搖著惶恐的沙沙聲時，早已瞌睡連連。我走進浴室，在鏡子上寫下：我心愛的黛兒戈迪娜，微風已經捎來了聖誕節的氣息。

我最快樂的一個回憶，是跟這天一樣的一個早晨，我在離開學校時感覺到心煩意亂。「我怎麼了？」老師心不在焉地對我說：「喔，孩子，你沒瞧見嗎？是微風啊。」八十年過後，當我在黛兒戈迪娜的床上醒來，再一次感受到那種心煩意亂，同樣的十二月準時地回來了，天空清朗，颳起沙塵暴，橫行街道的氣旋拔起屋頂，掀起女學生的裙子。在這段時間，城內總是迴盪著鬼哭狼號的颯颯風聲。夜裡，微風吹拂，連位置較高處的社區都聽得見公有市場的叫喊聲，彷彿從街角傳來。因此，尋著十二月的陣風捎來的聲音，找到置身遠處不同妓院的各個朋友，也就不足為奇了。

然而，也是因為微風，我獲悉黛兒戈迪娜要跟家人團聚，不能跟我共度聖誕佳節的壞消息。我在這個世界上，最討厭的就是這種不得不過的節慶，遇上這些日子人們會喜極而泣，還有煙火、愚蠢的聖誕節頌歌，和皺紋紙聖誕花圈，一切都跟兩千五百年前誕生在一個破舊的馬廄的嬰兒無關。然而，當聖誕夜降臨，我又忍不住去那個沒有她在的房間。我睡得安詳，醒來時身邊多了一隻絨毛熊，像北極熊一樣用兩腳站立，還有一張卡片寫道：獻給醜爸爸。羅莎·卡巴爾卡斯告訴我，小女孩從我寫在鏡子上的字句慢慢學會認字，我認為她的字體優美，令人佩服。但是羅莎用更壞的消息來粉碎我的想像，她說禮物是她送的，我失望透頂，於是新年夜我留在家裡，八點就躺上床，不帶苦悶地睡去。我很快樂，因為十二點鐘響時，我伴著一聲聲用力敲響的鐘聲、工廠的警報聲和消防車警笛聲、輪船的哀鳴、爆竹和煙火的爆炸聲，感覺黛兒戈迪娜躡手躡腳進來，在我身邊躺下，給了我一個吻。這種感覺是如此真實，我甚至覺得嘴上還留有她甘草根般的清香。

4

一年初始，我們開始熟悉彼此，彷彿兩人是醒著住在一起，因為我找到一種謹慎的音調，能跟她說話卻又不會吵醒她，她會用身體的自然語言回應我。她的精神看起來是處在睡眠狀態。起先她疲態盡露，睡相醜陋，慢慢地內心的寧靜讓她的臉蛋變得美麗，睡夢更加深沉。我向她傾訴我的人生，我在她耳邊朗讀我的週日專欄草稿，不用說，她就在文中，字裡行間只有她的芳蹤。

這段時間，我在枕頭上留下一對我母親的祖母綠耳環給她。接下來的約會，她戴著耳環前來，卻烘托不出她的容貌。後來我又帶了比較適合她膚色的耳環。我跟她解釋：「我帶給妳的第一對耳環跟妳的外表和髮型不搭配，這一對比較適合妳。」接下來的兩次約會，她沒戴任何耳環，但第三次她戴了我建議的那對。於是，我開始了解她對我並非百依百順，但會等待時機來取悅我。這段日子，我感覺自己十分習慣這種家庭生活，我不再裸睡，而是穿上了中國絲綢睡衣，之前因為等不到有人把我剝光的機會，所以一直把這套睡衣擱著沒穿。

我開始讀聖．修伯里的《小王子》給她聽，全世界都比法國本地還敬佩這位作者。這是第一本不用吵醒她卻能讓她開心的書，我不得不連續去了兩天，好把故事讀完。我們接下來讀的是佩羅的童話故事、聖蹟故事，和過濾後的兒童版《一千零一夜》，從一個又一個不同的故事中，我發現隨著她對朗讀內容是否感興趣，她的睡夢會有不同的深淺程度。當我感覺她已深沉睡去，我就會熄燈，抱著她睡到雞啼。

我感覺幸福無比，我輕輕地親吻她的眼皮，有天晚上發生了一件事，就彷彿是天空掠過了一道亮光：她第一次微笑。不久之後，她無緣無故地在床上扭動，當背對著我時，她不開心地說：「都是伊莎貝爾害蝸牛哭了。」我想像著她的囈語，用同樣的語調興奮地問：「是誰的蝸牛？」她沒回答。她的聲音粗鄙，恍若不是她的聲音，而是來自體內的另一個人。這時我心底的所有疑問一掃而空：我喜歡睡著的她。

我唯一的麻煩是那隻貓。牠胃口不佳，孤僻冷漠，牠縮在那個習慣待的角落，已經兩天沒有抬起頭，當我想把牠放進籐籃，好讓黛米亞娜帶牠去看獸醫，牠卻像受傷的猛獸那樣抓了我一把。黛米亞娜好不容易制住了牠，把不停掙扎的貓塞進麻布袋後帶走。半晌過後，她從養殖場打電話給我，說沒有其他辦法，只能殺了牠，但需要我的命令。「為什麼？」黛米亞娜說：「因為牠很老了。」我生氣地想，他們難道也會把我放進爐子，像對貓那樣將我活生生地烤焦嗎？我感覺自己進退兩難：我雖然還沒學會去喜歡這隻貓，但我不可能只因為牠很老，就狠下心命令他們將牠殺掉。手冊上有說明這件事嗎？

我對這個意外插曲深感震撼，於是借用了聶魯達的詩當作標題，寫成了週日專欄：貓是客廳裡的小老虎？這篇專欄再次掀起了另一波讀者對立的浪潮，對於這隻貓，有人支持也有人反對。短短五天，領先的論調是：因為公共衛生問題殺貓或許是正當的，但因為老了就要殺牠卻不是。

自從母親過世後，我總是害怕有人趁我睡覺時碰觸我，所以經常失眠。一天夜裡，我感覺到她的存在，但是她的聲音讓我恢復了平靜：「我可憐的兒子啊。」某日凌晨，我在黛兒戈迪娜的房間裡再次有了同樣的感覺，我蜷曲成一團，樂在其中，相信是她在撫摸我。但並非如此：在漆黑中的人是羅莎・卡巴爾卡斯。她對我說：

「穿上衣服跟我來。我有個嚴重的問題。」

如她所言，問題比我所能想像的還嚴重。妓院的一名重要客戶被人亂刀刺死在小屋的第一個房間裡。兇手逃跑了。屍體龐大，一絲不掛，但穿著鞋子，躺在鮮血溼透的床上，膚色恍若蒸過的雞肉般蒼白。我在門口就認出了他是誰，他是偉大的銀行家畢先生，他有著瀟灑的外表、和善的性情，跟不凡的穿衣品味，但他尤以純正高潔的家庭名聲蔚為人知。他的脖子上有兩處紫紅色傷口，嘴唇也是相同的顏色，肚皮的深刻刀傷還在流血。屍體還沒僵硬。但是令我印象深刻的是他還戴著似乎沒用過的保險套，就套在死後萎縮的陽具上。

羅莎・卡巴爾卡斯不知道他跟哪一位交往，因為他享有從果園大門進去的特權。也不排除他的另一半是個男人。老鴇只要我幫屍體穿回衣服。她是如此鎮靜，我卻忐忑不安，想著這起兇殺在她眼裡或許不過像是廚房裡的雜事。我跟她說，幫死人穿衣是件浩大的工程。她回答：「我已經依照天意處理過這種事了。」如果有人能幫我把他抬起來，事情就容易多了。」我要她看清楚：「妳以為會有人相信，身中刀傷的屍體穿著完整的英國紳士服？」

我不禁擔心起黛兒戈迪娜。羅莎．卡巴爾卡斯對我說：「你最好把她帶走。」我嚥下冰冷的口水後對她說：「我先處理死人。」她發現我不太對勁，忍不住看輕我：「你在發抖！」我說：「因為擔心她，至少有一半的真心如此。快叫她在有人趕到之前離開。」她說：「好吧，不過你是記者，不會有事。」我心有不甘地對她說：「妳也不會有事。妳是唯一能指揮這個政府的自由主義分子。」

這座城市的和善天性，以及那與生俱來的安全感令人嫉妒，但每年都會發生一起轟動的殘暴兇殺案。不過這起案件卻不一樣。官方發布的新聞用聳動的標題配上了粗略的細節，敘述青年銀行家遭人攻擊，被刀刺死在布拉多馬的公路上，原因不明。他沒有敵人。政府的新聞稿指出殺人兇手可能是一些來自內地的逃犯，他們犯下了一波集體犯罪，違反了市民的公民精神。在第一時間一共逮捕了超過五十名嫌犯。

我驚恐萬分地跑去見司法編輯，他是個典型的二〇年代記者，頭戴一頂綠色賽璐珞舌帽，扣著袖帶，自以為掌握了事件脈絡。然而，他只略知這起命案的零星線索，我盡可能小心翼翼地補充不足的部分。於是我們倆的四隻手聯合寫了五頁內容，完成一篇準備刊登在首頁共占八個專欄的新聞，把資料來源歸給值得我們信任、但永遠無從得知身分的幽魂。但是審查員「九點的討厭鬼」毫不猶豫地強迫報社刊登自由主義派搶匪襲擊的官方版本。在那場本世紀最無恥和最多人出席的葬禮上，我只能皺起眉頭，流露哀傷，來減輕自己的良心不安。

這一晚，當我回到家，我打電話給羅莎．卡巴爾卡斯，想問她黛兒戈迪娜後來的情形，但是過了四天她都沒回電話。到了第五天，我牙一咬便親自跑去她家。所有的門都貼上了封條，不過這不是警察的傑作，而是衛生局。附近沒人知道任何消息。我不知道黛兒戈迪娜的芳蹤，於是開始馬不停蹄地找人，把我累得氣喘吁吁，有時甚至還遇到可笑的狀況。我成天待在一座四處充滿灰塵的公園裡，坐在長凳上盯著那些騎腳踏車的年輕女孩，看小孩在這裡嬉嬉鬧鬧，爬上那座外漆斑駁脫落的西蒙．玻利瓦雕像。年輕女孩踩著腳踏車，就像鹿群般經過；她們美麗動人，是自由之身，似乎都願意當待採的鮮花。當最後一絲希望破滅，我逃進了波麗露舞曲的世界尋求寧靜。這就像一帖有毒的草藥茶：每句歌詞都有她的身影。我寫東西一向需要安靜的環境，否則我的腦子會受音樂吸引，無法寫作。這時卻恰恰相反：我得靠波麗露舞曲才能提筆。我的生活充滿了她的倩影。我在這兩個禮拜寫的專欄是示範如何書寫暗示的情書。讀者的回信如雪崩般湧現，總編輯覺得很困擾，要求我別再讓愛意氾濫，我們得想想怎麼安慰這麼多陷入愛河的讀者。

因為失去平靜，我的生活也不復往日嚴謹。我清晨五點就睜開了雙眼，但留在漆黑的房間裡想像黛兒戈迪娜虛構的生活，她叫弟妹起床，給他們穿衣服準備上學，如果有東西吃，就替他們準備早餐，然後她會騎著腳踏車穿越城市，去做那份受到詛咒的縫釦子工作。我詫異地問自己：當一個女人在縫釦子時，心裡想的是什麼？她會想我嗎？她也在找羅莎・卡巴爾卡斯，想跟我碰面嗎？我就這樣過著每一天，到了某一個禮拜，我甚至日夜都穿著連身工作服，我不洗澡，不剃鬍子，不刷牙，因為我太晚才從愛情中領悟，一個人會為某個人整理儀表、打扮和灑香水，而我從沒有過對象。黛米亞娜發現我早上十點還一絲不掛地躺在吊床上，以為我病了。我睜著貪婪和不安分的眼睛看著她，邀她一起光溜溜地打滾。她卻語帶鄙視地對我說：

「如果我真的點頭，您是不是連要做什麼都已經想好了？」

於是，我發現我在飽受折磨之際，墮落到什麼程度。我陷在青少年痛苦的泥沼中，認不出自己。我怕錯過電話，不再出門。我寫作時不再拿起話筒，電話鈴響第一聲就衝上去接，心想可能是羅莎．卡巴爾卡斯打來的。我不時放下手邊正在做的事，打電話給她，我一直不死心，每天從早到晚都這麼做，直到明白那是沒心肝的電話。

一個下雨的午後，我回到家時發現一隻貓蜷縮在大門的露天台階上。牠全身骯髒，憔悴不堪，溫馴的模樣教人憐憫。我查了手冊，知道這隻貓病了，便照著上面的步驟照料牠。正當我在午睡之際，一個想法突然掠過腦海，或許牠能帶領我找到黛兒戈迪娜的家。我把貓裝進買菜的袋子裡，前往羅莎．卡巴爾卡斯的店，封條依舊在上面，沒有絲毫生命的跡象，但是貓在袋子裡拚命掙扎，最後逃了出來，跳上果園的土牆，消失在樹林之間。我舉起拳頭敲下大門，一個像是軍人的聲音傳來，他沒開門，只是問說：「哪一位？」我只能回答：「和平人士。我在找女屋主。」那個聲音說：

「這裡沒什麼女屋主。」我不死心地說：「至少開門讓我進去抓貓。」那聲音說：「這裡沒什麼貓。」我問：「您是誰？」

「誰都不是。」那聲音說。

據我了解，為愛而死不過如同詩的破格。這天下午，我再次失去貓，也失去了她，走在回家的路上我不只深深體會到自己可能會死，我還明白了我這個孤苦伶仃的老頭子正在為愛逐漸死去。但我也發現了受挫的現實所擁有的價值：我的哀傷多麼美好，我不會拿去換世界上的任何東西。我浪費了超過十五年的光陰，嘗試翻譯萊奧帕爾迪的詩歌，直到這天下午才感受到切膚之痛：喔，可憐的我，如果這是愛情，是多麼折磨。

我滿臉鬍碴，穿著連身工作服踏進報社，引來了揣測我精神狀態的私語。辦公室經過整修，隔了一間間獨立的玻璃辦公空間和吸頂燈，看起來像一間婦產科診所。安靜舒適的空調讓人不由得降低音量交談和踮著腳尖走路。前廳排列著三位終身社長的肖像油畫，身分顯赫的貴賓照片。寬廣的大廳擺了我生日那天下午拍攝的、目前所有編輯部人員的巨幅照片。我忍不住暗自拿來跟另外那張我在三十歲時拍的照片做比較，也再一次確定照片上的我老得比現實還快，不由得內心一陣惶恐。在我生日那天下午給了我一吻的秘書問我是不是病了。我很高興地回了她一個不會被相信的實話：「我害了相思病。」她說：「可惜對象不是我！」我又恭維地回說：「可別那麼確定。」

司法編輯從他的辦公室出來，大聲嚷嚷在市政府的露天劇院發現兩具身分不明的女孩屍體。我害怕地問他：「年紀多大？」他說：「青少女。可能是被政府的惡棍追捕，一路從內地逃來的。」

我鬆了一口氣。我說：「這種狀況像是一片擴散的血漬，無聲無息地侵入我們的生活。」司法編輯已經走遠，他大聲回答：

「大師，那不是血漬，是一坨屎。」

幾天過後，我遇到了一件更可怕的事，突然有個女孩提著一個像在裝貓的籃子，如同一股寒氣從世界書店的前面經過。我就在正午十二點的喧鬧聲中，用手肘頂開人群，追在她的後面而去。她貌美如花，跨著大步，靈活地在人群中開路，我花了很大的力氣才追上她。終於，我追到了她的前面，正面看著她。她把我推開，沒有停下腳步，也沒說聲抱歉。她不是我想像的人，不過她的高傲卻似曾相識地刺痛了我。於是我明白了，我不可能認出清醒、穿著衣服的黛兒戈迪娜，她從沒看過我，也不可能知道我是誰。我突然發起瘋來，短短三天織了十二雙藍色和粉色的新生兒小鞋，試著讓自己鼓起勇氣不要去聽、去唱，或者回憶任何讓我想起她的歌。

事實上，我不知道該怎麼安撫我的靈魂，面對愛情的軟弱，讓我開始意識到自己的衰老。我還遇到一起更不可思議的考驗，有一輛公車在市中心輾過一名腳踏車女騎士。救護車載走她之後，從那輛在鮮紅的血窪中變成破銅爛鐵的腳踏車，我可以想像這起悲劇有多麼慘不忍睹。但是我注意的不是化為廢鐵的腳踏車，而是車子的品牌、型號和顏色。跟我送給黛兒戈迪娜的那輛一模一樣。

親眼目睹的群眾都異口同聲地說騎車的女人非常年輕、高䠷和苗條，有一頭鬈曲的短髮。我一臉惶然地搭上第一輛經過的計程車，前往慈善醫院，那是一棟赭色外牆的老舊建築，看起來就像一間擱淺在沙灘上的監獄。我花了半個小時才進醫院，之後又花了半個小時走出一座果樹飄香的院子，我在這裡遇見了一個擋我去路的哀傷女人，她直直地盯著我說：

「我不是你要找的女人。」

直到這一刻，我才想起市立精神病院比較溫和的病患住在這裡，他們可以自由活動。我先向院方高層表明我是記者，他們派了一個醫護人員帶我到急救中心。我在住院登記簿上找到資料：羅莎爾芭・里歐斯，十六歲，職業不明。診斷結果：腦震盪。預估結果：保留。我問急診室的主任能否見她，也暗自希望他拒絕，但是他們說只要我能寫一些關於醫院破落現狀的報導，就願意帶我去看她。

我們穿過吵雜的廳堂，空氣瀰漫一股濃濃的消毒劑氣味，病患擠在病床上。盡頭有個獨立房間，我們要找的女孩就躺在金屬擔架床上。她的頭顱包著繃帶，腫脹的臉孔布滿瘀青，長相難以辨識，但是我看了一眼她的雙腳，就知道那並不是她。到這時我才想起要問自己：「萬一真的是她，我該怎麼辦？」

當我還陷在夜色的黑網中掙扎時，我鼓起勇氣決定隔天前去襯衫工廠，羅莎．卡巴爾卡斯曾說過小女孩在那裡工作，於是我要求老闆讓我們看看工廠設備，希望當作聯合國的一個歐洲大陸計畫案的模型。老闆是個沉默寡言和身形肥胖的黎巴嫩人，他替我們打開通往他的國土的大門，抱的是成為國際典範的幻想。

在燈火通明的廣闊空間裡，有三百個穿著白衫的年輕女孩正在縫釦子，她們的額頭上塗抹著聖灰星期三的印記。當她們看見我們進來，個個都像女學生那樣起立，當經理解釋他們對縫釦子這門古老藝術的貢獻時，她們斜睨著眼觀察我們。我的視線仔細掃過一張又一張的臉孔，生怕發現清醒而且穿上衣服的黛兒戈迪娜。但卻是她們其中一人發現了我的身分，她帶著欽佩和膽怯的目光，毫不客氣地問：

「先生，請問您是那位在報紙上寫情書的作者嗎？」

我從沒想過一個小小的睡美人，竟能對一個人掀起這樣的驚濤駭浪。我落荒般地逃出工廠，沒有道別，甚至沒想過我要找的佳人是否在那些深陷煉獄的閨女之間。一離開那裡，還活著的我所剩餘的唯一感受，就是想哭的衝動。

一個月後，羅莎．卡巴爾卡斯打了電話過來，她的解釋令人難以置信：她在銀行家的謀殺案過後，到印第安卡塔赫納好好地休息。我當然不相信她的話，可是我恭賀她的好運氣，讓她能繼續編織謊言，然後我問了我內心正在沸騰的問題：

「她呢？」

羅莎．卡巴爾卡斯安靜了好一會兒。最後她說她還在，但是支吾其詞：「要再等一等。」「要等多久？」「不知道，我再通知你。」我感覺她就要掛上電話，於是我硬生生地擋下她：「等等，給我一點線索。」她說：「沒有線索。」然後她下結論：「小心點，你可能會惹禍上身，尤其可能會連累她。」我不擅長解讀這種暗示。我哀求她告訴我真相，哪怕只是可能的真相也好。我對她說：「不管怎麼說，我們都是同謀。」她沒有退讓。她對我說：「冷靜下來。小姑娘平安無事，她在等你的電話，但此時此刻什麼事都做不了，我不能再說了。再見。」

我拿著話筒，不知道接下來該怎麼做，因為我非常了解她，我想除非有好的辦法，否則不可能從她身上挖出什麼消息。我對運氣的信心戰勝了理性，中午過後，我偷偷到她家繞了一圈，那裡還是關閉的，上面貼著衛生局的封條。我心想，羅莎・卡巴爾卡斯應該是從其他地方打電話給我，或許是從其他城市，這麼一想，我腦中充滿了不確定的預兆。但是到了下午六點，她卻出乎我意料地，在電話中說出了捎給我的暗語：

「嗯，就是今天。」

晚上十點，我全身發抖，緊咬著嘴脣以免嗚咽出聲，我帶來了幾盒瑞士巧克力、杏仁糖和糖果，和一整籃嬌豔欲滴的玫瑰，準備用來鋪花床。房門是半開的，裡面點著燈，收音機流洩著布拉姆斯的第一號小提琴與鋼琴奏鳴曲。黛兒戈迪娜躺在床上，容光煥發，模樣不同，我費了一番力氣才認出她。

她長大了，但不是從身高來看，而是一種超然的成熟讓她看起來比實際年齡多了兩、三歲，而且她的裸體比以往更顯眼。她的顴骨，經過壯麗大海的陽光烤曬的皮膚，細薄的嘴脣，鬈曲的短髮，把五官襯托出一種中性光芒，恍若出自普拉克西特列斯之手的阿波羅雕像。但是性別絕不會搞錯，因為她的乳房已經長到我一手握不住的大小，她的臀部剛剛形成了曲線，她的骨架變得更穩固和勻稱。我喜歡她的自然，可是對人工的裝飾瞠目結舌：假睫毛，塗上珍珠母貝色的手腳指甲，還有一股跟愛情全然無關的濃郁香水味。然而，最讓我大為光火的是她身上穿戴的珠寶：兩串祖母綠黃金耳環，一條天然珍珠項鍊，一只閃耀鑽石光芒的黃金手環，所有的手指都戴上了真品寶石戒指。椅子上擺著她的晚禮服，上面綴著亮片和繡花圖案，還有一雙緞面便鞋。一股怪異的怒氣從我心底升起。

「妓女！」我大吼。

因為惡魔在我耳邊低喃著一個邪惡的想法。就是這樣：命案發生那晚，羅莎．卡巴爾卡斯沒時間也不夠冷靜，她忘了警告小女孩，因此警察在房間裡發現孤零零又未成年的她，也沒有不在場證明。沒有人能像羅莎・卡巴爾卡斯處理得了這種情形：她把小女孩的童真賣給她的其中一個重要客戶，換取從命案安全脫身。當然，首先她得銷聲匿跡，直到風波過去之後。多麼美妙啊！這根本是他們三個人一起度蜜月，兩個在床上，羅莎・卡巴爾卡斯則平安脫罪，快樂地在豪華的露台上享受。我被憤怒蒙蔽了雙眼，失去了理智，把房間內的每樣東西砸向牆壁摔毀：燈、收音機、電風扇、鏡子、水罐和杯子。我從容不迫，但是沒有停下手，有條不紊地陶醉在轟然的巨響中，感覺這是在救自己一命。小女孩在第一聲砸碎聲就跳了起來，但是她沒看我，而是背對著我蜷縮成一團，就這樣身子一陣一陣抽搐，直到巨響停止。院子裡的母雞和凌晨時分的狗兒加劇了這場喧鬧。我被憤怒沖昏頭之外，最後還想放火燒了這間妓

發生那晚，其實她頭昏腦脹，忘記小女孩還睡在房間裡。此外，她的一個客戶，也就是死者的律師忙著四處分送好處和賄賂，還邀請羅莎．卡巴爾卡斯到印第安卡塔赫納一間度假旅館休息，等待風波過去。她說：「相信我。這段時間，我無時無刻都在掛念你和小姑娘。我前天一回來，第一件事就是打電話給你，但是沒人接電話。那個小姑娘反而立刻趕到，她的狀況糟糕透頂，我幫你替她洗澡，為她打扮，把她送到美容沙龍，下令把她裝扮成像皇后一樣。你看到了，她完美極了。那件華美的衣裳哪來的？那是我旗下那些比較貧窮的女孩必須跟客戶去跳舞時，我會替她們租的洋裝。珠寶首飾哪裡來的？都是我的。」她說：「只要摸摸看，就會知道那都是玻璃鑽石和鍍錫的釘子。」她做了結論：「所以別再胡鬧了。來吧，叫醒她，跟她道歉，接受她吧。沒有人比你們更值得獲得幸福。」

我花費超乎想像的力氣，想讓自己相信她說的話，但是愛情終究戰勝了理性。「妓女！」我對她說，一把火在我的內心熊熊燃燒，折磨著我。「這就是妳們的面目！」我咆哮。「一群該死的妓女！除了她，我再也不想跟妳或世界上的任何妓女有瓜葛。」我從門口跟她打了一個永別的手勢。羅莎．卡巴爾卡斯毫不懷疑這是真的。

「去見天主吧！」她露出悲傷的苦笑對我說，然後恢復了她的真實面目。「總之，看看你在這個房間幹了什麼好事，我會把帳單算給你的。」

5

讀著小說《三月十五日》的時候，我發現了一句作者在描述凱撒大帝時的不祥之語：人最終都會變成別人眼中的模樣。我無法確定這句話的正確出處是凱撒大帝本人的作品，還是他的傳記作者，包括蘇埃托尼烏斯到卡科皮諾在內，但是沒必要查個水落石出。這個宿命論正是我的人生接下來幾個月的寫照，我會寫下這部回憶錄，和罔顧羞恥地燃起對黛兒戈迪娜的愛戀，正是因為欠缺這樣的認定。

我得不到片刻平靜，幾乎食不下嚥，瘦到腰撐不起褲子。那捉摸不定的痛苦鑽進了我的骨頭，我無緣無故開始情緒驟變，夜裡總是頭昏腦脹，看不下書也無心聽音樂，到了白天反而感到一種惱人的困倦，頻頻打瞌睡卻怎麼也睡不著。

幸好鬆口氣的機會從天而降。從洛馬弗雷斯卡屈開來的那輛擁擠的公車上，坐我身旁的女人在我耳邊低喃：「你還會找女人嗎？」我之前沒有見她上車。她是凱喜妲．阿爾梅妮亞，我特別眷戀的昔日老相好，她從還是個心高氣傲的少女開始，就一直忍受我這個不斷上門的顧客。後來她拖著病軀，離開這一行，口袋沒一毛錢，嫁給一個中國農夫，他給了她名分，供養她，或許還有那麼一點點愛她吧。她已經七十三歲了，卻還保持著一如過往的體重，依然美麗如昔，個性一樣強悍，跟當初入行時同樣地能言善道。

她帶我到她坐落在靠海公路旁丘陵上的家，那是一處中國人聚集的果菜園地。我們坐在陰涼露台的兩張沙灘椅上，四周圍繞著蕨類盆栽、百合水仙花叢，和掛在屋簷下的鳥籠。放眼看去，可以看見中國農夫在山坡上的身影，他們頭戴斗笠，在毒辣的陽光下播種蔬菜，出海口有兩座岩石堤岸，把河流分為好幾海里遠，流進灰色海洋。正當我們閒聊時，看見一艘白色輪船駛進河口，我們默默地看著，直到聽見抵達河港的汽笛聲，那彷彿是鬥牛悲傷的咆哮。她嘆口氣說：「你發現了嗎？這是半個世紀以來，我第一次不是在床上迎接你。」我說：「我們已經不是過去的那兩個人了。」她沒有聽進我的話，逕自說下去：「你能想像嗎？每當我聽到廣播談論你的東西，和他們出於觀眾喜歡而稱讚你，並稱呼你是愛情大師，而我心中想的是，沒有人比我更熟悉你的能耐和本領。」她說：「說真的，沒有人比我更能忍受你。」

我再也壓抑不住了。她也發覺了，因為她看見我已淚眼盈眶，這時她應該發現我已經不是過去的我，我鼓起從未想像過能夠擁有的勇氣，迎向她的目光。我對她說：「因為我越來越老。」她嘆口氣說：「我們都一樣。即使打從內心不覺得老，大家看你的眼光還是認為你已經老了。」

我難以不對她敞開心胸，因此我將在內心燜燒已久的故事一五一十地告訴她，從我在九十歲生日前夕打電話給羅莎・卡巴爾卡斯開始，到我把房間砸得稀巴爛那晚發生的悲劇，以及我再也沒有回去那裡。她聽我發洩情緒，彷彿是在親身經歷這個故事，她非常緩慢地細細咀嚼，最後露出了一抹微笑。

「你想做什麼，就去做吧，但是別放棄那個小姑娘。」她對我說。「世間最悲慘的莫過於孤獨死去。」

我們一起搭乘一列像玩具的小火車到哥倫比亞港口，車速非常慢，跟牛車不相上下。我們一起共進午餐，眼前就是蛀孔斑斑的木頭碼頭，在入海口疏濬之前，這裡曾是全世界進來這個國家的入口。我們坐在一個棕櫚葉的屋頂下，幾個體格健壯的黑女人端來了炸鯛魚椰子飯和綠大蕉片。下午兩點的暑氣逼人，我們小睡了一會兒，然後繼續聊天，直到恍若燭火的巨大太陽沉入海中。我感覺現實是如此美好。她開玩笑地說：「看看這個我們度蜜月的地方。」但是她旋即改用正經的口吻繼續說：「今日我回顧過往，看到一長排曾經逗留在我的床上的幾千個男人，我願意拿我的靈魂換取跟其中一個廝守，即使是最糟糕的那個也好。感謝天主，我即時找到了我的中國夫婿。我嫁的對象或許只是一根小指，卻專屬於我一人。」

她看進了我的眼中，思忖著我聽到她的話之後的反應，接著對我說：「所以現在就去找你那個惹人憐愛的小姑娘，無論如何，就算你的妒火告訴你的是事實，也不要讓人搶走你享有的東西。但是不要來那套老爺爺的羅曼蒂克。叫醒她，拿出那根惡魔為你的膽怯和吝嗇而獎賞你的陽具好好上她。」最後她真心誠意地說：「說真的，千萬別到死都沒有嘗過為愛而性的美妙。」

第二天，當我撥下電話號碼，我感覺脈搏狂跳。一方面是因為要跟黛兒戈迪娜重逢，另一方面是不確定羅莎·卡巴爾卡斯會怎麼回應。她對房間毀損的估價過高，我們激烈爭吵了一番。我被迫賣掉母親最心愛的一幅畫，據估應該價值連城，可是在真相揭曉的那一刻，畫的價值卻連我想像的十分之一都不到。我動用剩下的存款最後一次加碼，然後帶去給羅莎·卡巴爾卡斯，而且不准她再討價還價：要嘛接受，不然拉倒。這根本是自殺行為，因為她只要出賣我的一個秘密，就足以毀掉我的好名聲。但是她沒有抗議，而是留下了鬧翻那晚拿來當抵押品的畫作。我是這場鬧劇中徹頭徹尾的輸家：我失去了黛兒戈迪娜，失去了羅莎·卡巴爾卡斯，還有最後的存款。然而，我聽著電話接通後響了一次、兩次、三次，最後出現了她的聲音：「哪一位？」我發不出聲音，掛上電話，我躺上吊床，試著以薩提的禁欲主義抒情詩來整理思緒，我汗如雨下，吊床都溼透了。我一直到第二天才有勇氣再打電話。

「嗯，女人。」我用堅定的口吻說。「就是今天。」

羅莎．卡巴爾卡斯一如以往地掌控一切。她嘆口氣，拿出打死不屈服的精神說：「唉，悲哀的聰明人啊，你浪費了兩個月，回來後竟是哀求再做一場癡夢。」她告訴我已經有一個多月沒有見到黛兒戈迪娜，小女孩似乎已經從我砸毀房間的驚嚇中恢復了，她沒再談起那場混亂，也沒再問起我，她對開始的新工作感到開心，因為比縫釦子輕鬆多了，薪水也比較好。我感到內心燃著熾烈的妒火。我說：「只有妓女接客的工作才有可能如此。」羅莎眼睛眨也不眨地回我：「別那麼笨，如果真是這樣，她就會在這裡了。還有哪個地方比這裡好？」她那快速分析的邏輯力加深了我的疑慮：「我怎麼知道她是不是在妳那裡？」她回答：「如果你這麼想，還是別知道比較好。對吧？」我再一次恨起她來。她早已練就金剛不壞之身，她保證會追蹤小女孩的下落。但希望不大，因為聯絡她鄰居的電話還是打不通，她根本不知道她住在哪裡。她說：「不過也不能當她死了，可惡，我一個小時內回你電話。」

她說一個小時，結果拖了三天，但她找到了小女孩，她安然無恙，正在等待召喚。我滿懷羞愧地回到那裡，一寸又一寸地吻她，從午夜十二點直到公雞啼叫，我彷彿在做補贖。我向自己承諾要一直繼續這條尋求寬恕的漫長之路，彷彿一切又再重新開始。這個房間已經面目全非，因為使用不當，把我過去的布置毀得一乾二淨。羅莎完全不在乎這個房間，她只對我說，要美化自己來，因為那是我欠她的。然而，我的經濟狀況已經觸底。退休金越來越不夠用。除了我母親的宗教珠寶外，家裡少數能賣的東西全都不夠古老，無法當作古董，已經沒有什麼市場價值。在最風光的時刻，省長曾提出過誘人的價格，要替省立圖書館買下我的整批藏書，包括希臘、拉丁和西班牙經典叢書，但我不忍心賣掉。之後隨著政界的改朝換代和世界的崩壞，政府再也無心在乎文字和藝術。我找不到像樣的解決辦法，只能把黛兒戈迪娜還給我的珠寶塞進口袋，前往一條通往公有市場的破爛小巷典當。我一副茫茫然的書呆子模樣，在那個貧民窟走了好幾趟，路上林立著破爛的酒館、古書店和當舖，但看在芙洛莉娜·德迪歐斯的面子上，我實在不敢這樣做，於是停下了腳步。這時我決定抬起下巴，拿去最有信譽的那間珠寶老店出售。

店員戴上鏡片檢視珠寶，同時問了我幾個問題。他的舉止、作風和謹慎模樣都像個醫生。我跟他說這是從我母親那裡繼承來的珠寶。他發出了嘟囔聲，回應我的每個解釋，最後他摘下了鏡片。

「抱歉，」他說。「這些都是厚玻璃。」

我面露驚訝，他帶著同情向我解釋：至少黃金的部分是真品，銀的部分也是。我摸摸口袋，確定帶齊了當初購買的收據，便用溫和的語氣說：

「這些全都是一百多年前，在這間高檔商店買下的。」

他面不改色。他說：「這是時有所聞的事。繼承的珠寶上頭有價值的寶石會在歲月的洪流中消失；被家族黑羊換掉，或被不肖的珠寶商動手腳，往往等到有人要賣的時候才發現上當受騙。」他說：「但請給我一點時間。」他拿著珠寶踏入了盡頭的一扇門。半晌過後，他走了回來，沒有任何解釋，只請我坐在椅子上等待，然後繼續他的工作。

我檢視這間店。我跟母親來過幾趟，而我想起她一再叮嚀的一句話：別跟你爸爸說。突然間，一個想法躍上腦海，我不禁怒火攻心：莫非是羅莎．卡巴爾卡斯和黛兒戈迪娜串通，將真品換成了假貨再還給我？

我飽受猜疑的煎熬，這時一位秘書要我跟著她穿過盡頭同樣的那扇門，來到一個小辦公室，那邊有一個排著厚重書本的長書櫃。一位體格魁梧的粗漢從書桌後面站了起來，他握緊我的手，一副老朋友似的熱切模樣，沒有對我使用敬稱。他對我說：「我們曾一起讀中學。」以此作為他打招呼的方式。我很快就記起了他：他是學校的明星足球員，也在城裡的第一批妓院中稱首。我不知道從何時開始就不曾再看過他，他想必是看我老朽不堪，把我錯認成他童年的某位同學。

書桌的玻璃桌面上，擺著一本攤開的厚重卷宗，上面有我母親珠寶的紀錄。清單記載了日期和細節，是她親自要求換掉卡戈曼托斯家族兩代美麗和體面的女人的寶石，並在店內賣掉真品。這是珠寶店老闆的父親經營期間發生的事，當時他跟我都還在學校念書。但是他安撫我：這是沒落的名望家族常見的把戲，既能解決無錢可用的燃眉之急，又可以保住名譽。面對這樣殘酷的事實，我寧願留下珠寶，用以紀念另一個我從不認識的芙洛莉娜．德迪歐斯。

七月初，我感覺死亡的腳步不遠了。我的心跳凌亂，開始看見並感覺到四處都是抵達人生終點的明確預兆。最清楚的預兆出現在美術館的音樂會上。空調壞了，愛好美術和文藝的人士擠在水洩不通的大廳裡，彷彿在煎鍋中熬煮，但是音樂的魔力賦予人們一種置身天堂的氛圍。最後稍快的小快板響起，我隱約感覺正在聆聽的是命運為我安排的死前的最後一場音樂會，所以忍不住發顫起來。我沒有感覺到痛苦或是恐懼，只是感受到驚人的情緒波動。

已經滿身大汗的我，終於穿過了在相互擁抱和拍照的人群，卻出其不意地碰到了席梅娜．奧提茲，她坐在輪椅上，恍若百歲女神。她的出現像是讓我揹上了彌天大罪。她身穿一襲象牙白絲綢長袍，皮膚一如衣料光滑，脖子戴著一串繞了三圈的真品珍珠項鍊，一頭二〇年代流行的珍珠母貝白短髮，髮尖像海鷗的翅膀貼在臉頰上，天生的黑眼圈襯得一雙黃眼睛熠熠發亮。她整個人都與謠傳的不同：她無力抵擋無可救藥的記憶崩壞，早已喪失理智。我面對著她，動彈不得，手無寸鐵，奮力壓制燒燙的熱氣爬到臉上，我禮貌性地向她點頭致意。她恍若王后，露出微笑，抓住了我的手。這時，我發現這也是命運安排的饒恕，於是我緊抓住機會，把困擾我心頭的刺永遠拔除。我告訴她，我多年來一直夢見這個場景。她似乎不太理解我的意思。她說：「不會吧！那你是誰？」我不知道她是真的忘記了，還是這是她人生最後的復仇。

快五十歲時，我曾在一個類似的場合意外捕捉到死亡的預兆，那是一個嘉年華晚會，我跟一個迷人的女性跳了一支阿帕契探戈，我一直不知道她的長相，她比我壯碩，重上四十磅，比我高出了兩個手掌，然而卻像根隨風飄的羽毛般任我帶舞。我們緊貼在一起跳舞，我甚至能感覺血液在她的血管裡奔竄，我滿心歡喜，陶醉在她的喘氣，她的狐臭味，她如星體的乳房，這時死亡的嘶吼第一次震得我發抖，差點將我擊倒在地，那在耳裡迴盪的吼叫聲彷彿令人毛骨悚然的神諭：「你想做什麼就去做吧，不是今年就是百年之內，你就會死去化為塵土。」她嚇了一大跳，抽離我的身邊並問說：「您怎麼了？」我對她說：「沒事。」然後試著讓心跳緩和下來：「我是在為您發抖。」

從那時起，我改以十年而不是一年來計算人生。五十歲那十年是個關鍵，因為我發現幾乎所有人的年紀都比我小。六十歲那十年過得多彩多姿，因為我懷疑自己已經剩沒多少時間犯錯。七十歲那十年過得戰戰兢兢，因為非常可能是我最後的十年。然而九十歲的第一天早晨，當我在黛兒戈迪娜幸福的床上活著醒來，我滿心歡喜地發現，人生除了是赫拉克利特說的滾滾河流，也有一次在烤網上翻面的機會，即使活到了九十幾歲，也能翻過來繼續烤另外一面。

我再一次多愁善感了起來。任何牽動柔情的感受，都會讓喉頭不由自主地堵塞，我考慮著別再繼續享受徹夜欣賞黛兒戈迪娜睡姿的孤獨樂趣，因為我不知道死期何時會降臨，而且想像她的餘生不再有我參與是痛苦的。這段日子的某一天，我無意間來到大名鼎鼎的公證人街，詫異地發現那裡的一間廉價老旅館已經化為廢墟，當年旅館趁著情愛藝術的蓬勃發展而開張時，我還不滿十二歲。旅館本身是一棟屬於舊時海運公司的大宅第，金碧輝煌的外觀在城內非常少見，裹上了雪花石膏的圓柱，燙著仿金箔的護壁板，內院還有一個七彩玻璃圓頂，恍若溫室發出的耀眼光芒。殖民時期的公證人辦公室在一樓的哥德式柱廊上群聚了一個多世紀，我的父親抱著美夢在這裡工作了一輩子，並在度過最風光的時期後隕落。後來居住在高樓層的歷史悠久的家族也一一搬離，變成一批悲哀的妓女據地為王，她們跟著客人上樓下樓直到破曉時分，那些全都是她們在附近河港的酒館裡靠一塊半披索拉到的客人。

十二歲那年，我還穿著小學生的短褲跟短靴，卻趁著父親在與他那永無止境的會議奮戰時，禁不起去高樓層一探究竟的渴望，讓眼簾映入了一幅天堂般的畫面。那些賤賣肉體的女人從早晨十一點開始就在妓院裡忙個不停，直到黎明方休，當彩繪玻璃窗照射進來的熱氣難以忍受時，她們會一絲不掛地在裡面走動，繼續她們的日常生活，然後大聲聊著前一夜的冒險見聞。我嚇壞了。我腦中唯一的想法是沿著進來的路落荒而逃，這時卻感覺有個豐腴的裸體女人把我從背後抱住，我看不見她的臉，只聞到她身上散發著草藥香皂的氣味，她在其他赤條條的女租客的叫聲和掌聲中，將懸空的我抱進了她用厚紙板隔間的小房間，她把我丟在她的大床上仰躺著，用大師級的嫻熟手法脫掉我的褲子，跨坐在我的身上，但是冰涼的恐懼蔓延到我的全身上下，讓我無法像個男人迎接她。那天晚上，我躺在家裡的床上睡不著，想著那場突擊有多麼丟臉，輾轉難眠了一個多小時，內心充滿想再見她的渴望。隔天一早，當狂歡一夜的人都沉睡以後，我發抖地爬上了她的房間，哭著喚醒她，那瘋狂的愛一直燃燒到被真實人生的狂風無情地吹熄為止。她叫卡絲朵莉娜，她是那間妓院的女王。

進旅館房間尋花問柳的收費是一塊錢披索，但是我們甚少有人知道待二十四小時也是一樣的價錢。此外，卡絲朵莉娜帶領我進入她哀淒的世界，在那裡她們會邀窮困的客人享用豪華的早餐，借他們香皂清潔，照料他們的牙痛，若是遇上緊急的狀況，還會施捨他們憐憫的愛。

但是，就在人生已近黃昏的午後，永生不朽的卡絲朵莉娜經常浮現我的腦海——沒有人知道她是什麼時候過世的，她從在河輪碼頭的各個破敗角落討生活，直到年老爬上老鴇的神聖寶座，她的一隻眼睛都戴著海盜的黑眼罩，那是在一次酒館的爭吵中失去的。她最後一名上樓的恩客是一位來自卡馬圭、生性樂觀的黑人，人稱搖櫓工霍納斯，他曾在哈瓦那當過大人物的小號手，直到在一次悲慘的火車意外中永遠失去了微笑。

那次苦澀的造訪過後，我感覺心揪成了一團，接下來的三天，我喝遍了各種民俗湯藥，都無法減輕症狀。我緊急求診，醫生出身名門血脈，我在四十二歲那年曾找他的祖父看過病，我詫異地發現他們看起來簡直是同一個人，他有早發性禿頭，戴著治不好的近視眼鏡，給人一種無以復加的悲傷，因此看起來老態畢露，彷彿是他祖父七十歲時的模樣。他彷彿金銀匠般專注，替我做了仔細的全身檢查，他拿著聽診器聽我的胸膛，又接著聽後背，檢查我的血壓和膝蓋的反射動作，還有下眼瞼和上眼皮的顏色。當我躺在桌上變換姿勢的時候，他趁著暫停時刻很快地問了我幾個含糊的問題，但沒有給我時間思考答案。一個小時後，他露出開心的微笑看著我。「嗯。」他說。「我想我無能為力。」「您這是什麼意思？」「我的意思是以您的年紀，身體狀況是好得不能再好了。」我對他說：「真是不可思議，我四十二歲那年，您的祖父也跟我說過一樣的話，彷彿時間停駐在同一個瞬間。」他說：「年紀會改變，但一定都會有個人說這句話。」我把這句話當作可怕的詛咒。我對他說：「唯一不變的結果是死亡。」他回答：「沒錯，可是您這麼健康，想要死並不容易。我無法讓您開心起來，真的很抱歉。」

這是珍貴的回憶，但是就在八月二十九日前夕，當我踩著猶如鐵塊般沉重的腳步登上階梯回家，我感覺前方正在等待我的，是本世紀最漫無邊際的無情之重。這時，我再一次看見我的母親芙洛莉娜·德迪歐斯躺在我的床上，那張曾經屬於她直到嚥下最後一口氣的床，她為我祝福，跟她在過世前兩個小時最後一次見我時說的話一樣。我激動不止，感動不已，把那句話當作遺言，我打電話給羅莎·卡巴爾卡斯，讓她這一晚將小女孩送來，我預見自己無法如願活到九十歲的最後一口氣。八點時，我又打了一通電話給她，她再次說了不可能。我驚恐不已，對她咆哮著不惜任何代價都要辦到。她沒說再見就掛上電話，但是十五分鐘後就回我電話：

「嗯，你可以見到她。」

我在晚上十點二十分抵達，把人生的最後幾封信全交給羅莎·卡巴爾卡斯，告訴她我在走到可怕的人生終點之前，會對小女孩做哪些安排。她認為我擺脫不了那場命案的糾纏，便用嘲弄的口吻對我說：「如果你打算要死，千萬別死在這裡。」但是我對她說：「妳應該說我會死在哥倫比亞港口的火車輪子底下，不過那輛悲哀的破銅爛鐵殺不了任何人。」

這一晚，我做好了一切準備，我仰躺著，等待九十一歲的第一時刻，和最後的痛苦到來。我聽見遠處的鐘聲響起，我聞到側睡的黛兒戈迪娜靈魂的芳香，我聽見地平線上傳來的叫聲，以及有個人嚶嚶哭泣，那或許是一個世紀前在這個房間死去的人。這時，我吹出了最後一口氣將燈熄滅，我與她十指交扣，牽著她的手，數著十二聲鐘響，流下了最後的十二滴眼淚，直到公雞開始啼叫，榮耀的鐘聲隨之敲響，煙火炸開，慶祝我健康平安地活過九十歲的喜悅。

我的第一句話是給羅莎：我要跟妳買下這間妓院，全部買下，包括店面跟果園。她對我說：「我們來打個老人間的賭注：一起當著公證人的面簽名，先死的人可以得到對方的一切。」「不要。」因為我死了，一切都會歸她所有。羅莎說：「沒差的，我會負責照顧小姑娘，之後再把一切都留給她，你的跟我的；我在這個世界上無親無故。與此同時，我們要重新裝修你的房間，換上好的衛浴設備、空調，以及你的書本跟你的音樂。」

「妳覺得她會接受嗎？」

「喔，我悲哀的聰明人，你老歸老，但可別當個懦夫啊。」羅莎．卡巴爾卡斯說，笑得渾身亂顫。「那個可憐的小東西愛你愛得天昏地暗。」

我走到陽光燦爛的街道上，有生以來第一次，我認出了遠在人生第一個世紀的地平線那端的自己。早晨六點十五分，我的屋子在靜謐中井然有序，浸染著晨曦的幸福顏色。黛米亞娜在廚房裡放聲高歌，起死回生的貓用尾巴纏住我的腳踝，跟著我一起走到我的書桌前。我開始整理揉縐的紙張、墨水瓶和鵝毛筆，這時陽光灑在公園的杏樹林間，因為乾旱的緣故而耽擱了一個禮拜的郵務河輪，此刻正在港口發出汽笛聲，然後順著運河開進來。終於，這是我真實的人生，我的心臟安然無恙，注定活到百歲過後，才會在任何一天，在美好愛情的包圍下幸福死去。

二〇〇四年五月

國家圖書館出版品預行編目資料

苦妓回憶錄 / 加布列．賈西亞．馬奎斯作；葉淑吟譯. -- 初版. -- 臺北市：皇冠，2021.07
面；公分. --（皇冠叢書；第4952種）(CLASSIC;112)
譯自：Memoria de Mis Putas Tristes

ISBN 978-957-33-3743-0（平裝）

885.7357　　110008330

皇冠叢書第 4952 種
CLASSIC 112

苦妓回憶錄

Memoria de Mis Putas Tristes

作　　者—加布列．賈西亞．馬奎斯
譯　　者—葉淑吟
發 行 人—平雲
出版發行—皇冠文化出版有限公司
台北市敦化北路120巷50號
電話◎02-27168888
郵撥帳號◎15261516號
皇冠出版社(香港)有限公司
香港銅鑼灣道180號百樂商業中心
19字樓1903室
電話◎2529-1778　傳真◎2527-0904
總 編 輯—許婷婷
責任編輯—蔡維鋼
美術設計—王瓊瑤
著作完成日期—2004年
初版一刷日期—2021年07月

法律顧問—王惠光律師
有著作權・翻印必究
如有破損或裝訂錯誤，請寄回本社更換
讀者服務傳真專線◎02-27150507
電腦編號◎044112
ISBN◎978-957-33-3743-0
Printed in Taiwan
本書定價◎新台幣300元/港幣100元